ADRIENNE, DE COURTENAI,

OU

LE MONASTÈRE

DES BOIS,

MÉLODRAME EN TROIS ACTES,

A GRAND SPECTACLE;

Fait historique, sous la date de 1226;

Par M. POMPIGNY,

Musique de M. QUAISAIN ; Ballet de M. RICHARD, pensionnaire de l'Académie Impériale de Musique.

Représenté pour la première fois, à Paris, sur le Théâtre de l'Ambigu - Comique, en février 1807.

A PARIS,

Chez BARBA, Libraire, palais du Tribunat, galerie du théâtre Français, n°. 51 ; et galerie neuve, n°. 14.

1807.

PERSONNAGES.   ACTEURS.

PERSONNAGES.	ACTEURS.
FERDINAND, dit FERRAND, de Portugal, comte de Flandres.	M. JOIGNY.
HENRY d'ALSACE. comte de St.-Pol, chevalier.	M. VIGNEAUX.
HUGUES CRAON DE MAREUIL, général français.	M. TAUTIN.
Le Baron d'ARBOSTA, seigneur portugais, parent de Ferdinand.	M. ST.-CLAIR.
MAZULIN, prevôt de Flandres.	M. STOKLEIT.
BITMANN, vieux militaire, fermier et laboureur.	M. DUMONT.
LAHIRE, maréchal-des-logis, écuyer de Craon.	M. MARTIN.
MORILLE, fils de Bitmann, nouveau marié.	M. MILLOT.
ADRIENNE DE COURTENAI.	Mlle. LESVESQUE.
ALIÉNOR, sœur de Ferdinand.	Mlle LEROY.
BRIGITTE, marchande de bière, etc.	Mlle LAGRENOIS.
SUZETTE, fille de Brigitte, nouvelle mariée.	Mlle. ALERME.

DARLEBECK, chevalier, chef des corsaires d'Ostende et de Nieuport.

Ecuyers de d'Arbosta.

Ecuyers d'Aliénor.

Ecuyers de Ferdinand.

Soldats français.

Soldats flamands.

Gardes de la prévôté.

Villageois et Villageoises.

ADRIENNE DE COURTENAI.

ACTE PREMIER.

Le Théâtre représente l'avant-cour d'un château gothique qu'on voit dans le fond, et dans lequel on peut entrer à volonté.

On voit entrer des gardes de la prévôté flamande. Ils sont précédés de leur lieutenant. Mazulin les inspecte.

SCENE PREMIERE.

MAZULIN, un Lieutenant, Gardes.

MAZULIN.

C'est fort bien, tout est tranquille. Il est midi, allez vous reposer; si vous rencontrez des soldats français, je vous recommande la plus grande circonspection. Depuis qu'ils occupent ces cantons, leur conduite a toujours été loyale, que la vôtre, à leur égard, ne se démente pas. (*Au lieutenant.*) Retournez à Rosbeck, et dites à madame Aliénor, que je reste ici pour satisfaire à ses ordres.

(*Le lieutenant et les gardes sortent.*)

SCENE II.

MAZULIN, *seul.*

Voilà bien le château de Merville, appartenant au comte Henry. Quels moyens employer pour me procurer les renseignemens que madame Aliénor désire ? Mon oncle, vieux militaire, retiré du service, est fermier de plusieurs terres des environs; il vient souvent au château; il pourrait m'instruire; mais le voudra-t-il? C'est un homme vrai, délicat et sensible. Il est surnommé le brave homme, pour avoir sauvé plusieurs naufragés, au péril de sa vie. Voudra-t-il m'expliquer le mystère que je veux pénétrer ? Je lui ai demandé un rendez-vous, ... mais c'est lui-même.

SCENE III.

MAZULIN, BITMANN, un domestique.

Bitmann sort du château suivi d'un domestique qui tient une lettre.

BITMANN, *dans le fond, au domestique.*

Eh! oui au comte Henry, à Béthune; tu devrais être de retour. (*Le domestique sort.*)

MAZULIN, *à part.*

Bon, le comte Henry est absent.

BITMANN, *à Mazulin.*

Bonjour, mon officier, comment va l'ordre, la tranquillité, la santé.

MAZULIN.

Parfaitement, et vous même, mon cher oncle, avez-vous eu l'occasion de secourir quelque infortuné ? c'est une jouissance bien chère à votre cœur !

BITMANN.

Comme çà doit être. Il n'y a pas plus de quatre jours que j'ai encore goûté cette satisfaction. J'étais à ma petite ferme de Rozendal, qui est, comme tu sais, près de la mer, sur les Dunes de Dunkerque ; il faisait une tourmente !... comme je n'en ai jamais vue ; j'aperçus une misérable barque de pêcheurs qui, près d'aborder, revira de bord par une bourasque, et disparut à mes regards.

MAZULIN.

Etait-elle chargée ?

BITMANN.

De deux matelots, et de deux passagers.

MAZULIN.

Quelle imprudence !

BITMANN.

Ils venaient de Gersey ; et le mauvais tems les avait surpris. V'là donc quatre hommes à la mer ; les deux matelots se raccrochèrent, comme ils purent, à leur barque, et s'abandonnèrent à la providence ; mais impossible à eux de repêcher les deux étrangers. Mon cœur palpitait du désir de les sauver. Il n'y avait pas de temps à perdre ; je jette mon habit et mon chapeau sur le sable ; je me lance à la mer et à brasse, à brasse, je parviens à en saisir un par les cheveux et à l'amener à terre. Je cherche l'autre des yeux ; mais.... çà m'fend le cœur d'y songer !... Ah ! mon ami, qu'il est affreux de voir périr son semblable sans pouvoir le secourir.

MAZULIN.

Mais celui que vous avez sauvé ?...

BITMANN.

Ce n'était qu'un, mon ami, ce n'était qu'un ; le pauvre malheureux, à peine échappé de la mort, s'écriait : « c'est mon écuyer, mon ami, il m'a sauvé la vie, » et je n'ai pu l'arracher à la mort !..

MAZULIN.

C'était donc un grand seigneur ?

BITMANN.

Eh ! qu'importe, c'était un homme. Il resta deux jours entiers dans ma ferme, et me quitta la larme à l'œil, en m'assurant de sa reconnaissance ; mais, je n'en ai plus entendu parler.

MAZULIN.

Il n'y a rien qui s'oublie plus vite que les bienfaits.

BITMANN.

Pour les ingrats, oui ; mais cela ne doit pas empêcher de rendre service. A propos de service, tu m'as fait demander un rendez-vous, à quoi puis-je t'être utile ?

MAZULIN.

Vous savez, mon cher oncle, les obligations que j'ai à madame Aliénor?

BITMANN, *avec humeur.*

A la méchante sœur de notre brave et malheureux comte de Flandres? que la Providence rend enfin à ses états, après une captivité de douze années.

MAZULIN.

C'est en partie à la bienveillance de cette princesse que je suis redevable de la charge de prévôt....

BITMANN.

Mais point du tout; c'est une justice qu'on t'a rendue. Ton père qui s'était distingué dans tous les grades militaires, et qui t'avait formé au métier des armes à ses côtés, fut nommé prévôt par notre souverain; il expira dans tes bras, sur le champ de bataille; il était naturel que tu succédasses à sa place, comme à son honneur. Pour moi, qui n'eus jamais d'autre ambition que d'élever ma famille dans une honnête médiocrité, et de mourir tranquillement dans son sein, après avoir servi vingt ans, ma patrie, dans le grade modeste où le ciel m'avait placé, j'ai retourné gaîment à ma charue, persuadé que s'il est glorieux de combattre les hommes, il ne l'est pas moins de les nourrir. Mais pardonne à mon bavardage, eh! bien, que veut, que demande cette madame Aliénor?

MAZULIN.

Elle m'a chargé d'une commission qui m'inquiète.

BITMANN.

Pourquoi? il faut la faire, si elle est honnête, et la refuser si elle ne l'est pas.

MAZULIN.

Elle désire ardemment savoir, s'il est vrai qu'il existe dans ce château une jeune et belle personne qu'on dit étrangère d'origine.

BITMANN, *l'examinant.*

Oui.

MAZULIN.

Et si elle est la maîtresse ou la femme du comte Henry?

BITMANN.

Qu'est-ce que cela lui fait?

MAZULIN.

Oubliez-vous qu'avant sa captivité, le prince Ferdinand, notre souverain, avait promis d'unir madame Aliénor à ce même comte Henry?

BITMANN, *vivement.*

Je sais qu'il n'a jamais consenti à ce mariage; qu'il s'est battu à cette occasion avec le seigneur d'Arbosta, parent de madame Aliénor; que celui-ci fut grièvement blessé, et qu'on n'en a plus entendu parler depuis ce combat.

MAZULIN.

Apprenez donc qu'elle veut, que de force ou de gré, je fasse disparaître cette jeune étrangère.

BITMANN, *ému.*

Est-il possible ? Voyons ton ordre.

MAZULIN, *interdit.*

Eh ! mais... l'intention de madame Aliénor ne suffit-elle pas ?

BITMANN, *sévèrement.*

Je te demande où est ton ordre ?

MAZULIN.

Je n'en ai pas d'autre que sa volonté.

BITMANN.

Non ? Eh ! dis-moi... es-tu fait pour obéir aux caprices d'une femme ? pour la servir dans ses passions ? pour affliger, désespérer le bienfaiteur de ta famille ?

MAZULIN, *vivement.*

Vous croyez donc que cette étrangère est en effet l'épouse du comte Henry ?

BITMANN, *brusquement.*

Je crois que ce brave seigneur nous aime comme ses enfans ; je crois que depuis le peu de temps que madame Adrienne, qu'on croit une étrangère, habite ce château, tous ses jours ont été signalés par de nouveaux bienfaits. Je crois, enfin, qu'il est de mon devoir de respecter les secrets de mes supérieurs, et que le tien est de n'exécuter que les ordres émanés de ton souverain. Est-ce donc sur la simple parole d'une femme, quelque puissante qu'elle soit, qu'on doit risquer de tels coups d'autorité ? Ne peut-elle pas te désavouer, en cas d'accident, et te rendre la victime de ta crédulité ?

MAZULIN.

Vous ne savez pas, mon oncle, à quel excès, sur mon refus ou sur mon silence, peut se porter madame Aliénor ; elle est capable de venir elle-même...

BITMANN.

Que t'importe ? tu n'auras du moins rien à te reprocher ?

MAZULIN.

Je vous entends, mon oncle, et je vais vous prouver que je suis digne de vos conseils, de votre estime et de votre amitié.

BITMANN, *lui prenant la main.*

Va, mon officier ; songe à la conduite de ton père ; elle fut irréprochable, et c'est celle que tu dois tenir.

Mazulin sort.

SCENE III.

BITMANN, *seul.*

Je sens qu'il est bien difficile de conserver la bienveillance d'une femme puissante et vindicative. Obéir, c'est
peut-être se déshonorer ; refuser, c'est se perdre ; mais il
n'y a pas à balancer. Chassons toutes ces sombres idées, et
ne nous occupons que du plaisir que nous promet cette
journée. Je marie mon fils à la fille d'un laboureur comme
moi. Oh ! qu'il serait content, s'il pouvait être témoin du
bonheur de nos enfans ! Il est mort sans laisser de fortune ; mais sa probité est la plus belle dot que sa fille
puisse apporter à mon enfant... J'entends, je crois... je
ne me trompe pas ; ce sont eux, qu'accompagne toute la
jeunesse des environs.

SCENE IV.

BRIGITTE, MORILLE, BITMANN, SUZETTE, Villageois.

MORILLE.

Ah ! v'là le papa, v'là le papa ; eh ! venez donc, dame
Brigitte. (*Il l'entraîne.*)

BRIGITTE.

Eh bien ! eh bien ? voyez donc cet extravagant !... (*A
Bitmann.*) Déjà ici, père Bitmann ? Nous venons, en cérémonie, saluer et inviter madame Adrienne, et lui présenter le bouquet et le ruban d'honneur.

BITMANN.

Je l'ai déjà prévenue sur votre arrivée ; mais je crains
bien qu'elle ne puisse pas nous recevoir.

BRIGITTE.

Pourquoi donc, s'il vous plaît ?

MORILLE, *fâché.*

Est-ce que nous aurions fait deux mortelles lieues ;
gratis et prodio. Ah ! çà ne serait pas honnête, mon papa,
et j'ai trop de respect pour la politesse de madame...
(*Adrienne paraît.*) Et tenez, tenez, la v'là.

SCENE V.

LES PRÉCÉDENS, ADRIENNE, suivie de ses femmes.

ADRIENNE, *aux Villageois.*

Pardon, mes bons amis, si je vous ai fait attendre ;
mais, forcée en ce moment de renoncer à toute société,
j'avais donné les ordres les plus précis pour ne laisser pénétrer personne dans ma retraite. Je n'en suis pas moins
sensible à votre souvenir, et aux témoignages de votre
affection. Je ne puis cependant assister à vos fêtes ; je ne

veux point troubler, par mes ennuis, la joie que vous ins-
pire un si beau jour.

Suzette lui présente un bouquet, et Morille un ruban. Adrienne les accepte, et
les ayant donnés à une de ses femmes, elle prend la main de Suzette, et lui glisse
une petite bourse. Celle-ci, honteuse, veut refuser, Adrienne lui impose silence.

ADRIENNE.

Paix, paix. (*à Brigitte, montrant Suzette.*) Je reconnais
votre aimable fille ; c'est sans doute la nouvelle épouse ?

BRIGITTE, *faisant la révérence.*

Oui, madame.

MORILLE.

Et moi madame, je suis le marié ; mais, mon dieu ! que
c'est donc fâcheux pour nous que vous ayez des ennuis
dans le cœur. Si c'était un effet de votre bonté de les remettre au lendemain de nos nôces.

BITMANN.

Paix, Morille.

BRIGITTE, *revenant du fond.*

Ah! mon dieu! mon dieu! des cavaliers de France, tout
un escadron !

BITMANN, *regardant.*

Ils escortent une voiture, ils s'arrêtent.

MORILLE.

Oh ! la belle dame !... la v'là descendue.

BITMANN.

C'est madame Aliénor !

ADRIENNE, *étonnée.*

Aliénor !

BITMANN.

Elle fait signe au commandant d'avancer, ... il la refuse...
elle se fâche : il la salue et repart avec sa troupe.

(*Madame Aliénor, entre suivie de ses gens.*)

SCENE VI.

LES PRÉCÉDENS, Madame ALIENOR.

ALIENOR.

Que ces soldats français sont fiers et raisonneurs. (*Elle*
aperçoit les villageois et Adrienne.) *à part.* C'est elle sans
doute. (*A Adrienne.*) Ma présence vous étonne madame ?
elle paraît vous allarmer.

ADRIENNE.

Si j'avais quelque sujet de crainte, vous conviendrez,
madame, que cette manière de vous annoncer ne serait
pas propre à me rassurer.

ALIENOR.

C'était pour veiller à ma sûreté, et non pour attenter à
la vôtre, que cette escorte m'a accompagnée jusqu'à ce

château; mais ne peut-on vous parler sans témoins?

ADRIENNE, *aux villageois*.

Allez, mes bons amis, (*bas.*) et ne vous éloignez pas.

ALIENOR, *à part*.

Il faut attendre l'ordre de Ferdinand.

Tout le monde se retire au fond du théâtre, les femmes d'Adrienne un peu moins éloignées.

ALIENOR.

Me connaissez-vous, madame?

ADRIENNE.

Je présume que j'ai l'honneur de parler à madame Aliénor.

ALIENOR.

A la sœur du souverain de ces contrées, que votre séjour dans ses états, que l'affectation du comte Henry à fuir sa présence, que la retraite qu'il vous donne dans ce château ont lieu de surprendre et d'offenser peut-être.

ADRIENNE.

Mon dessein et mon plus grand désir est d'apprendre au prince le motif qui me retient ici, dès que je pourrai obtenir de lui un entretien que je souhaite depuis long-temps et que sa longue absence m'a empêchée de lui demander.

ALIENOR.

Est-ce un si grand mystère que vous ne puissiez m'en informer?

ADRIENNE.

Dès que le prince en sera instruit, il sera le maître de vous le confier. Jusques là, je pense qu'à cet égard nul autre que lui n'à le droit de m'interroger.

ALIENOR.

Vous vous trompez, madame; autorisée à regarder le comte Henry comme mon époux, je n'ai pu, sans surprise, apprendre que vous étiez chez lui, servie et respectée à l'égal de son épouse; et votre vue suffit pour confirmer les alarmes que je devais concevoir.

ADRIENNE.

Sans entrer dans des détails superflus, je puis vous assurer, madame, que le comte Henry ne m'a jamais dit qu'il fut lié par les engagemens dont vous réclamez la puissance.

ALIENOR, *vivement*.

Oserait-il le nier? mais avant tout je serai sincère, soyez-le à mon égard.

ADRIENNE.

Sur quoi, madame? je vous écoute.

ALIENOR.

Le comte Henry vous aime-t-il?

2

ADRIENNE.

Je pense que lui seul peut répondre à cette question.

ALIENOR.

Et vous, madame, l'aimez-vous?

ADRIENNE.

Permettez-moi de vous dire, que j'ai l'honneur de vous voir aujourd'hui pour la première fois, et qu'il faut se connaître davantage pour exiger et pour faire de pareilles confidences.

ALIENOR.

Est-il votre époux enfin?... *(silence noble et modeste de la part d'Adrienne.)* Non, non, je ne puis croire qu'il ait poussé jusques là la scélératesse, qu'il ait porté l'audace jusqu'à braver la puissance et le courroux de son souverain.

Eh bien, madame, si vous avez le malheur de l'aimer, s'il a tenté de vous intéresser pour vous séduire, apprenez à le connaître, apprenez que le comte Henry, quoi qu'issu d'une illustre famille, se trouvait réduit à un état non loin de l'indigence, par la faute d'un père qui sacrifia sa fortune à la vaine gloire de suivre le dernier comte de Flandres en Palestine, où tous deux terminèrent leur sort. Mon frère, devenu souverain de ces contrées, fut sensible à son malheur et lui accorda les grands fiefs qu'il possède; mais comme une dot qui devait m'appartenir un jour et garantir l'union qui fut dès lors arrêtée entre nous. La guerre s'alluma de toutes parts. Mon frère en fut la victime et le comte Henry ne tarda point à disparaître, pour se fixer, dit-on, auprès de Philippe Auguste, le plus grand de nos ennemis. (*avec ironie.*) C'est sans doute à la cour de ce prince, qu'il apprit à devenir infidelle, qu'il puisa dans vos yeux le charme qui devait faire un jour mon malheur, le sien, et la honte de sa famille.

ADRIENNE, *vivement.*

La honte! Madame, je pense que le comte Henry a l'ame trop grande, trop élevée pour faire un choix qui puisse le déshonorer.

ALIENOR.

Votre ardeur à le défendre m'ouvre les yeux. Oui, vous l'aimez.

ADRIENNE.

La reconnaissance... Que dis-je? la générosité seule m'imposerait la loi de repousser, dans son absence, la calomnie dont on se plait à l'accabler.

ALIENOR, *avec une ironie amère.*

Et c'est sans doute par la même générosité que vous le ferez consentir aux sacrifices qu'il sera obligé de s'imposer en renonçant à sa patrie, aux brillans apanages qu'il ne peut conserver sans être mon époux ? C'est par le même motif que vous le ferez manquer aux devoirs du sang, de l'honneur et de la reconnaissance ? Etrange effet d'une générosité désintéressée, d'un amour délicat et sensible ! ou plutôt d'une passion qui ne connait de loi que ses désirs, de règle que ses emportemens. Poursuivez, madame ; mais ne pensez pas que je me bornerai à des larmes stériles, à des regrets superflus. Il a beau fuir la présence de son souverain, il faudra qu'il paraisse devant lui, qu'il lui rende compte de sa conduite ; qu'il se justifie du crime dont il est accusé.

ADRIENNE, *surprise.*

Du crime !

ALIENOR.

Vous l'a-t-il aussi laissé ignorer ? La mort de notre parent, du baron d'Arbosta, dont lui seul est coupable, n'est-elle pas un assassinat ?

ADRIENNE.

Arrêtez, madame, arrêtez ; le comte n'est pas là pour se défendre.

ALIENOR.

Malheureuse étrangère ! Voyez l'abîme où vous allez vous précipiter : voyez votre amant, non tel que vous désirez qu'il soit ; mais tel qu'il est, et qu'il doit vous paraître. Non, ce n'est plus le brave, l'intéressant Henry, l'espérance et l'honneur d'une auguste famille ; l'action la plus vile et la plus atroce l'a rendu l'objet de sa colère et de son mépris ; elle la conduit... ô ciel ! pourrai-je le dire ? pourra-t-il lui-même appaiser l'indignation de son souverain, échapper à la vigilance des gardes qui le poursuivent, se soustraire au glaive de la justice qui l'attend pour le frapper.

Adrienne tombe évanouie dans les bras de ses femmes.

Dira-t-elle, osera-t-elle dire qu'elle ne l'aime pas ?

Craon arrive, regarde ce tableau, et reste interdit. Les villageois forment un groupe autour d'Adrienne, que l'on emmène.

SCENE VII.

Madame ALIENOR, CRAON.

CRAON, *surpris.*

Que veut dire cela, madame ?

ALIENOR.

Rien, rien, sire de Craon ; c'est la suite d'une petite explication, d'une première entrevue que je viens d'avoir avec une personne que je voulais counaître plus particulièrement.

CRAON.

A en juger par le dénouement, la scène a dû être vive et orageuse.

ALIENOR.

Mais comment vous trouvez-vous ici ?

CRAON.

Mon empressement devrait-il surprendre ? Les soins que vous m'avez fait prodiguer pendant le séjonr que ma blessure m'a contraint de faire dans votre château....

ALIENOR.

Les droits de la guerre ne vous autorisaient - ils pas à en disposer ?

CRAON.

L'agitation où je vous ai vue, en me demandant l'escorte qui vous a accompagnée....

ALIENOR, *avec humeur.*

L'officier qui la commandait s'est acquitté singulièrement de sa mission. Sous prétéxte que je n'étais pas la maîtresse de ce château, il n'a jamais voulu m'y suivre, et a disparu comme un éclair.

CRAON, *sérieusement.*

C'est un brave militaire que je ne puis blâmer de cette circonspection. Songez donc que le traité avec votre fière est signé; que nous allons évacuer le pays, et que la plus légère imprudence pourrait avoir les suites les plus funestes; mais votre expédition est sans doute terminée, puisque vous êtes restée maîtresse du champ de bataille; si vous voulez repartir, je suis à vos ordres.

ALIENOR.

Non, non ; je suis retenue ici par deux sentimens qui me tyrannisent tour à tour, l'amour et la haine.

CRAON.

Ah ! passe pour l'amour : c'est l'élément naturel des belles. Après Mars, c'est à lui seul aussi que j'adresse mes hommages. Quant à la haine, c'est un sentiment trop obscur et trop pénible pour la franchise et la vivacité française. Au surplus je ne me suis jamais connu d'ennemis personnels ; à l'égard de ceux de ma patrie, sont-ils lâches ? je les méprise. Sont-ils braves ? je les estime et les combats. La paix arrive-t-elle, mon épée rentre dans le fourreau, et il ne tient qu'à nos ennemis que nous soyons les meilleurs amis du monde. Mais cette femme vous a donc cruellemeut offensée ?

ALIENOR.

Jugez si je dois la haïr ; elle m'enlève le cœur d'un époux qui me fût promis.

CRAON.

L'affaire est grave.

ALIENOR.

Et le perfide, m'a privé d'un parent expiré sous ses coups.

CRAON.

Ils se sont battus ?

ALIENOR, *bas en confidence.*

Non ; il l'a assassiné.

CRAON.

Quelle horreur !

Mazulin paraît avec ses gardes.

SCENE VIII.

LES PRÉCÉDENS, MAZULIN, gardes.

ALIENOR.

Eh bien, Mazulin, que venez-vous m'apprendre ?

MAZULIN.

Le prince, votre frère, madame, est parti de Furnes pour se rendre au Monastère des Bois ?

ALIENOR.

Pourquoi au Monastère des Bois ? Quel motif ?...

MAZULIN.

C'est dans sa superbe enceinte qu'il veut recevoir l'hommage des députés; et cette cérémonie sera terminée par un magnifique tournoi et des fêtes analogues à son heureux retour.

ALIENOR.

Ne vousa-t'-il point donné des ordres relatifs à ce château?

Mazulin lui offre un parchemin, Aliénor le parcourt bas, puis respire avec joie.

ALIENOR.

Ah ! je vais donc être délivrée d'une odieuse rivale et son perfide amant sera traduit devant ses juges. (*à Mazulin.*) Et quelle issue présument-ils qu'aura cette fatale aventure?

MAZULIN.

Elle s'offre sous un aspect funeste à l'accusé, les témoins qui ont été entendus ne lui sont pas favorables.

CRAON.

Que le criminel soit puni, rien de plus juste; mais croyez-vous que cette jeune personne soit complice...

ALIÉNOR, *vivement.*

Je sais qu'elle est ma rivale, il suffit.

CRAON.

J'avoue que l'état où je l'ai vue, m'a fait la plus vive impression.

ALIENOR, *avec amertume.*

Je n'en suis point surprise, on sait combien les français sont sensibles aux charmes de la beauté.

CRAON.

Dites plutôt, madame, aux malheurs de l'humanité.

MAZULIN, *à Aliénor.*

J'entre dans ce château pour remplir une partie de ma mission, tandis que le reste de mon détachement est à la poursuite de l'accusé.

ALIENOR, *lui rendant le parchemin.*

De l'exactitude et de la fermeté.

MAZULIN.

Je sais mon devoir, madame, et je vais m'en acquitter.

Il entre au château avec ses gardes.

SCENE IX.
ALIENOR, CRAON.

CRAON.

Eh! quoi, madame, ne pourrait-on pas obtenir quelque délai, pour donner le temps à cette infortunée de se reconnaître ? Une femme ne peut camper et décamper comme un militaire ; daignez adoucir l'horreur de sa situation ; laissez aux lois le soin de punir le crime, et soyez compatissante envers le malheur et la vertu.

ALIENOR, *ironiquement.*

La vertu, dites-vous ? Mais qu'a-t-elle à se plaindre ? On n'attente point à sa liberté ; elle peut se retirer dans sa patrie, où elle trouvera sans peine des consolateurs.

CRAON.

C'est donc une étrangère ?

ALIENOR.

Le vif intérêt que vous paraissez y prendre, m'a fait croire que vous l'aviez reconnue.

CRAON, *surpris.*

Reconnue ?

ALIENOR.

Eh! oüi, pour une française.

CRAON, *vivement.*

Elle est française ?

ALIENOR.

On l'assure.

SCENE X.
LES Précédens, ADRIENNE, BITMANN, MAZULIN, Villageois, Gardes.

ADRIENNE, *à Mazulin.*

Où me conduisez-vous ? quel est mon crime pour me traiter avec tant de rigueur ?

BITMANN, *à Adrienne.*

Eh bien, madame, venez avec nous ; cédez à nos prières, notre asile et nos cœurs vous sont ouverts ; vous n'avez

pas tout perdu , puisqu'on vous laisse la liberté ; et qu'il
vous reste de bons serviteurs et de vrais amis... Pardonnez
à ce mot que m'arrache la vérité ; oui , des amis , prêts à
sacrifier leurs jours pour conserver les vôtres.

CRAON , *à Bitmann.*

Brave homme , brave homme.

SCENE XI.

LES PRÉCÉDENS , LAHIRE.

CRAON.

C'est toi , Lahire ?

LAHIRE , *essoufflé.*

Oui, monseigneur, en rentrant au château de Rosbeck ;
j'ai appris que vous en étiez parti brusquement , çà m'a
dérouté. J'arrivais de Lille, et voulais sur-le-champ vous
rendre compte de ma mission ; mais, ayant su que vous
aviez envoyé un détachement de ce côté , j'ai monté
cerf-volant , j'ai piqué des deux , et ventre à terre me
voici.

CRAON.

Eh bien ?

LAHIRE , *à demi-voix.*

Il s'agit de sauver ce brave chevalier pris à Rozendal ;
et qui fut renvoyé sur sa parole.

CRAON , *vivement.*

Comment, ce serait....

SCENE XII.

LES PRECEDENS , HENRY.

*Grand bruit. Henry, l'épée à la main, paraît se défendant contre des
gardes , qui le poursuivent.*

MAZULIN , *aux gardes.*

Arrêtez, point de violence.

CRAON.

Henry !...

HENRY.

*Il aperçoit Craon et se jette dans ses bras , puis en se relevant , il aperçoit Adrienne
et court à elle.*

Craon !... Adrienne !... O ciel ! comment dans ma maison , on ose ?...

CRAON , *indigné.*

Quoi c'est chez vous ? c'est donc votre...

HENRY , *l'arrêtant et lui montrant Aliénor.*

Ah ! mon ami , voilà d'où part ce coup inattendu.

CRAON , *à Aliénor.*

Eh! bien, madame, comment interprêter votre conduite
envers mon ami, envers moi-même? est-ce là l'usage que vous

vouliez faire de l'escorte que vous m'avez demandée? quel dessein perfide, quel piège tendiez-vous à ma bonne foi?

HENRY, *à Craon.*

N'en doutons point, c'est sur un ordre supposé...

MAZULIN, *à Henry.*

Non, monseigneur, il émane de notre souverain; le prince ordonne (*montrant Adrienne*) que madame se retire hors de ses états; quant à vous, sire Henry d'Alsace comte de Saint-Pol, il faut me remettre votre épée et me suivre.

HENRY.

Mon épée! on ne l'aura qu'avec ma vie; venez la prendre si vous l'osez!

MAZULIN, *pénétré.*

Monseigneur ne résistez point aux volontés du prince; ne me contraignez pas d'employer la force.

CRAON, *noblement*

La force? elle serait ici superflue, le comte est mon prisonnier. Quel que soit le crime dont on l'accuse, personne sans mon aveu, n'a le droit d'attenter à sa liberté; quant à madame, elle est française et je me déclare son chevalier; songez que les droits que je réclame sont sacrés; que votre souverain ne peut les méconnaitre et que le mien sait les faire respecter.

ALIÉNOR, *à Mazulin.*

Cédez, Mazulin, les circonstances l'exigent; il ne faudrait qu'une étincelle pour rallumer le flambeau de la guerre, c'est peut-être le motif secret de cette résistance; n'ayons pas les premiers ce malheur à nous reprocher; je vais rendre compte à mon frère de votre zèle à le servir et des obstacles qu'on oppose à ses volontés

Elle lance des regards furieux sur Adrienne, Henry et Craon, et sort avec sa suite; Mazulin et Bittmann restent au fond avec les villageois.

SCÈNE XIII.

LES PRECEDENS, excepté ALIÉNOR.

CRAON.

Madame Aliénor m'avait instruit des motifs de son ressentiment; mais j'étais loin de penser que vous en fussiez l'objet; depuis six mois que ma blessure m'a retenu loin de vous, j'ignore absolument ce qui s'est passé. Je n'ai rien su de tout ce qui a rapport à cette aventure.

HENRY.

Daignez m'entendre. Vous savez qu'après la mort du dernier comte de Flandres, Philippe-Auguste nomma Ferdinand de Portugal pour lui succéder. J'ose dire que si quelqu'un devait prétendre à cet honneur, c'était peut-être l'unique descendant de Philippe d'Alsace, dont je tire mon origine. Ce fut donc pour me dédommager, que Ferdinand se vit contraint de me céder les villes de Bethune de Bergues et de Cassel, sauf l'hommage qu'il eût droit de se réserver.

ADRIENE.

Et madame Aliénor ose affirmer que ce fut sous la condition expressé de l'épouser ?

HENRY.

Non, ma chère Adrienne, non; je n'y consentis jamais.

CRAON.

Tel est pourtant le motif ou le prétexte de sa haine et de son courroux. Ajoutez-y la mort de son parent dont elle vous fait un crime.

HENRY, *noblement.*

Il a reçu le prix de sa témérité; jugez-en vous même. A peine de retour dans ma patrie, je reçois un cartel du baron d'Arbosta. Il prétend me punir en l'absence de Ferdinand, il veut, dit-il, venger l'affront que mon refus d'épouser sa parente imprime à sa famille. Pouvais-je refuser? ce fut près de la mer, dans les Dunes de Rozendal que nous combattîmes, nous avions pour seconds et pour témoins, lui, le capitaine d'Arlebeck; avoué de madame Aliénor; et moi, le brave de Nêle. Le ciel favorisa ma cause, et le baron fut terrassé; mais, ô comble de perfidie! à la voix de d'Arlebeck et à la faveur d'un bois épais qui couvrait le lieu du combat, des pirates fondent tout-à-coup sur de Nêle et sur moi : ce brave chevalier me seconda d'abord avec intrépidité; mais percé d'un coup mortel, il me laissa bientôt à la merci de ces brigands, j'allais périr, le ciel vint à mon secours. Des troupes françaises qui couvraient la partie de nos contrées, restée en otage à votre souverain accourent de toute part et font prendre la fuite aux scélérats, dont j'étais environné. Cependant, quoique blessé, je poursuivis l'indigne d'Arlebeck; mais je ne pus l'atteindre et je fus forcé de me rendre à l'officier français qui faisait respecter le territoire commis à sa surveillance, et sur lequel nous avions combattu, il me fit remettre mes armes, et ma parole suffit à ce généreux guerrier. C'est donc à juste titre que vous m'avez réclamé pour votre prisonnier, je le suis de la France et vous êtes son général.

CRAON.

Mais que devint ce malheureux d'Arbosta ?

HENRY.

Arrêté loin du lieu du combat, j'étais moi-même hors d'état de m'occuper des soins que l'honneur et l'humanité commandent. J'ignore quel fut son sort; mais il est certain qu'il ne fut point trouvé sur le champ de bataille.

CRAON.

Madame Aliénor donne une couleur bien différente à cette aventure.

ADRIENNE.

J'en frémis encore ; elle ose parler de crime, d'assassinat.

HENRY.

O ciel !

CRAON.

Opposez un courage tranquille aux fureurs de votre ennemie ; demandez à être entendu , à être jugé. Le nom d'un chevalier doit demeurer sans tâche ; l'ombre même du soupçon ne doit pas l'environner. Quant aux prétentions de madame Aliénor, il n'est qu'un moyen de vous en délivrer, c'est de rendre public le secret que vous confiâtes à mon amitié.

HENRY.

Quoi ? mon mariage avec Adrienne ?

CRAON.

Sans doute.

ADRIENNE.

Impossible, sire de Craon , surtout au moment de l'arrivée du prince Ferdinand. Notre union ne peut être divulguée sans les plus sages précautions ; notre sort en dépend pour toujours. Cette union ne fut point formée contre la volonté d'un père ; mais elle n'obtint, ni ne put obtenir son aveu , puisqu'il est vrai que je le connais , mais que je n'en suis pas encore connue ; c'est un mystère, qu'avant de nous unir, mon époux s'obligea par serment de respecter jusqu'à l'événement qui doit justifier mes craintes ou mon espoir ; l'instant approche où tout sera connu, si ce père respectable et tout puissant....

CRAON, *vivement.*

Quoi, madame, le prince serait-il ?...

ADRIENNE, *se reprenant.*

Si ce père respectable écoute la voix de l'honneur et de la nature, notre bonheur est assuré ; mais s'il allait me méconnaître....

HENRY, *à Adrienne,*

Peux-tu le craindre ou le soupçonner ? eh ! quel mortel ne s'honorerait pas d'avoir donné le jour à ma chère Adrienne ?

Ici Mazulin , Bitmann et la Hire . descendent en scène.

CRAON, *à Mazulin.*

Encore ici, seigneur, prévôt ? j'avais pensé que ma parole aurait dû vous suffire ; n'obligez pas Craon d'opposer la force à votre résistance.

LAHIRE, *à Craon.*

Monseigneur, faut-il ?...

CRAON.

Un moment.

MAZULIN, *tranquillement.*

Sire Craon de Mareuil, j'ai reçu les ordres de mon souverain et aux dépens de mes jours je dois les exécuter. Vous êtes trop loyal chevalier et trop ami de la discipline pour blâmer mon exactitude et ma fermeté.

BITMANN, *à Craon.*

Pardon, monseigneur; mais il fait son devoir, et je crois faire le mien en donnant à notre cher comte Henry les conseils d'un vieux militaire et d'un fidèle serviteur. (*A Henry*) Je sais, monseigneur, que la scélératesse vous poursuit; des témoins, gagnés sans doute, ont déposé contre vous...

HENRY et ADRIENNE.

Des témoins.

BITMANN.

Soyez tranquille; il s'en trouvera aussi de justes et d'irrécusables; vous avez de grands ennemis; mais il n'est point d'obstacles que ne surmontent le courage et la vérité.

HENRY.

Bien Bitmann. (*à Craon.*) Oui, mon ami, évitons un éclat funeste qui compromettrait deux souverains et qui me rendrait suspect ou coupable aux yeux même de mes amis...

CRAON.

Voilà la tranquillité que j'attendais de vous; ce brave homme a raison; allez confondre l'envie, la haine et l'imposture. (*àMazulin.*) Seigneur, prévôt, songez que que je ne vous rends pas mon prisonnier. Je vous le confie.

HENRY, *présentant son épée à Craon.*

Sire de Craon, c'est à vous seul que je remets les armes C'est à vous seul aussi que je confie mon honneur Adrienne et ma vie.

CRAON, *recevant l'épée.*

Et moi je fais serment de les défendre ou de les venger.

Adrienne se jette dans les bras d'Henry; ils se séparent. Elle sort d'un côté avec les villageois, et Henry de l'autre avec le prévôt.

Fin du premier Acte.

ACTE II.

Le théâtre représente le milieu d'un bois qu'on appelle carrefour; dans le fond est un château gothique ; sur la droite sur la gauche, sont deux maisons, l'une appartient à Bitmann, l'autre à la mère Brigitte. Il est petit jour.

SCENE PREMIERE.

BITMANN, *seul.*

Il sort de sa maison et va écouter à la porte de Brigitte.

Ils dorment tous comme des marmottes. Cela n'est pas

étonnant; nous sommes revenus si tard. du château de Merville ! Pour moi, je n'ai pu fermer l'œil de la nuit ; à peine étais-je couché, qu'un bruit confus de voix, et des cris de détresse ont frappé mon oreille. J'ai mis la tête à la fenêtre ; qu'ai-je vu ? grand dieu ! une femme éplorée, que des scélérats, armés de poignards, conduisaient dans ce château. Et je ne sais si je me suis trompé ; mais j'ai cru reconnaître la voix de madame Adrienne. Ce château appartient à madame Aliénor. Aurait-elle eu la scélératesse.... Mais comment aurait-elle pu réussir à la faire enlever... Bon ! les méchans sont-ils jamais embarrassés pour trouver les moyens de mal faire?

D'Arbosta paraît dans le fond, suivi d'un écuyer portant son casque et un rouleau de parchemin.

SCENE II.

D'ARBOSTA, BITMANN, *l'écuyer au fond.*

BITMANN.

Mais je crois voir.. Oui, c'est un chevalier avec son écuyer; que cherche-t-il de si bonne heure dans ces bois ?

D'ARBOSTA, *dans le fond*

Ce doit être ici ; je reconnais ce château ; la maison de Bitmann, à ce qu'il m'a dit, n'en est pas éloignée.

BITMANN, *à part.*

Il parle de moi ; serait-ce ce brave chevalier français ?

D'ARBOSTA, *s'approchant.*

Eh! c'est lui-même.

BITMANN.

Pardon, monseigneur; mais n'ayant pas l'honneur de vous connaître...

D'ARBOSTA.

Il n'y a cependant pas si long-temps que nous nous sommes vus.

BITMANN, *surpris.*

Quoi? c'est vous qui... Excusez; mais c'est que je vous vois dans un état bien différent de celui où vous étiez lorsque j'eus le bonheur de vous sauver de la mer et de vous recevoir dans ma petite ferme de Rozendal.

D'ARBOSTA.

Je n'oublierai jamais que je vous dois la vie ; aussi mon premier soin a été de vous chercher pour vous en témoigner ma reconnaissance, que je ne borne pas à ce faible présent : (*Il tire une bourse qu'il présente à Bitmann, qui la refuse.*) Votre générosité...

BITMANN.

Non, monseigneur ; secourir son prochain n'est pas une générosité, c'est un devoir.

D'ARBOSTA.

Vous êtes brave, sensible, je ne puis douter de votre

probité, parlez-moi franchement, me reconnaissez-vous?

BITMANN.

Plus je vous observe sous cet habillement, plus j'entends le son de votre voix, plus je suis tenté de croire.... mais comment cela se pourrait-il?

D'ARBOSTA.

Eh bien!

BITMANN.

Oui, je croirais que vous êtes...

D'ARBOSTA.

Achevez.

BITMANN.

Le baron d'Arbosta.

D'ARBOSTA.

Oui, mon ami, c'est moi-même.

BITMANN.

Vrai? vrai? O mon cher Henry! vous voilà sauvé.

D'ARBOSTA.

Modérez ce transport : je sais ce que l'honneur et le devoir m'ordonnent.

BITMANN, *vivement.*

Oui, monseigneur, il faut aller trouver le prince; lui demander vengeance...

D'ARBOSTA.

Il n'est pas temps encore; je connais trop l'adresse de madame Aliénor, et l'ascendant qu'elle a sur l'esprit de son frère, pour éclater contre elle sans ménagement.

BITMANN.

Mais songez donc que le comte Henry est accusé...

D'ARBOSTA.

Je le sais; mais me montrer sans précaution serait donner l'éveil et l'allarme à ses accusateurs et à mes assassins : protégés par Aliénor, soutenus par l'infâme d'Arlebeck, leur fuite les aurait bientôt dérobés à notre vengeance.

BITMANN.

Vous soupçonnez donc aussi madame Aliénor?

D'ARBOSTA.

Oui, mon ami, j'ai lieu d'être persuadé que toujours éprise du comte Henry, elle s'est servie de d'Arlebeck qu'elle savait être mon rival, pour la délivrer d'un parent importun, d'un amant qui n'a combattu le comte Henry que pour la venger de ses refus. Vous voyez qu'elle a été ma récompense.

BITMANN.

Mais comment vous sauvâtes-vous? les Français qui arrêtèrent le comte Henry vinrent donc à votre secours?

D'ARBOSTA.

Ils y vinrent en effet; mais pressés de poursuivre d'Ar-

lebecᴋ et les pirates, ils me laissèrent aux soins de mon
écuyer, de ce même infortuné, que nous n'avons pu sauver du naufrage ; et moi, redoutant de nouvelles embûches
de la part de mes ennemis, aidé de mon malheureux serviteur, je me traînai vers le bord de la mer, où des pêcheurs
de Gersey me reçurent dans leur barque et me transpor-
tèrent dans leur isle. C'est-là que j'ai cru devoir rester
ignoré jusqu'au retour de Ferdinand.

BITMANN.

Et vous pouvez balancer ?

D'ARBOSTA.

Voici mon dessein, tout perfide qu'est d'Arlebecᴋ, il
est brave...

BITMANN.

Perfide et brave, c'est impossible.

D'ARBOSTA.

Je veux profiter de l'occasion du tournoi pour l'attirer
en champ clos. Là, sous l'apparence et le nom d'un chevalier inconnu, je le combats, je le terrasse et, le poignard
sur la gorge, je lui fais avouer son crime et ses complices.
Alors je me ferai connaitre comme un preux chevalier
combattant à armes égales devant les juges du vrai courage et de l'honneur.

BITMANN.

Vous exposeriez vos jours contre un brigand, un assas-
sin ?

D'ARBOSTA.

C'st ainsi qu'un loyal chevalier se venge d'une perfidie.
Je crois, mon cher Bitmann, ne pouvoir mieux vous témoigner mon estime et ma reconnaissance, qu'en vous
confiant mes projets. Je penserais vous offenser en vous
demandant le secret.

BITMANN.

Je vous le jure, monseigneur,

D'ARBOSTA.

Vous m'avez dit que le prévôt Mazulin était votre
neveu ?

BITMANN.

Oui, monseigneur.

D'ARBOSTA.

Tant mieux, car j'aurai besoin de son ministère. Sans
adieu, mon cher Bitmann. Mon écuyer viendra bientôt
vous instruire des nouveaux soins que j'attends de votre
amitié.

D'Arbosta sort suivi de son écuyer.

SCENE III.

BITMANN, *seul.*

Ah ! me voilà tout-à-fait tranquille sur le sort de notre

cher Henry... Je suis cependant fâché d'avoir donné ma
parole au seigneur d'Arbosta. Çà me prive du plaisir de
lui annoncer le premier cette grande nouvelle. Oh ! comme
ils seront tous étonnés, pétrifiés, et madame Aliénor,
surtout, quand ils verront que le mort est ressuscité. J'entends du bruit ; c'est ce méchant] d'Arlebeck ; rentrons
vite.

SCENE IV.

D'Arlebeck sort du château suivi de sa troupe ; il fait le tour du théâtre, et sort.
Bitmann est rentré chez lui ; mais il a laissé la porte eutr'ouverte, d'où il les voit
se retirer ; puis il revient en scène.

BITMANN.

Oh ! qu'il a bien l'air de ce qu'il est, d'un vrai brigand.
On dirait d'un capitaine de voleurs avec sa compagnie. Oh !
à présent je n'en doute plus ; l'emprisonnement de madame Adrienne est un chef-d'œuvre de sa façon. Eh !
mais... je n'ai point promis le secret sur cette aventure ;
qui m'empêche d'en avertir le brave chevalier français qui
la prise sous sa sauve-garde ! Oui, oui, Bitmann, quand
on ne peut prévenir le mal, c'est toujours une bonne action que d'en empêcher la suite... Ah ! voilà la bande
joyeuse qui arrive, comment m'en débarrasser ?

SCENE V.

BRIGITTE, MORILLE, BITMANN,
SUZETTE, Villageois sortant de chez Brigitte et de
chez Bitmann.

BRIGITTE.

Pardon, mes enfans, de votre mal-aise ; mais, dam' !
on n'a pas des lits à revendre comme daus une hôtellerie.

MORILLE.

Bah ! tout s'est passé le mieux du monde ; les filles sont
allées se nicher dans le grenier, et les garçons dans la
grange ; et puis une nuit d'été est bientôt passée... Tiens,
tiens, v'là mon cousin Mazulin ; que d'arrias ! on dirait
qu'il emménage.

SCENE. VI.

LES PRÉCÉDENS, MAZULIN, Gardes portant un pavillon, un fauteuil, etc.
MAZULIN, *indiquant aux gardes l'endroit où ils doivent*
poser ce qu'ils portent.

Ici, ici.

BRIGITTE.

Seigneur Mazulin, que veut dire cet étalage ? Est-ce
que la guerre va recommencer ?

MAZULIN.

Non, dieu merci ! mère Brigitte. Mais notre souverain, absent depuis si long-temps de ses états, veut les visiter. Il s'arrête, de distance en distance, pour entendre les réclamations de ses sujets, et jouir des témoignages de leur zèle et de leur affection.

BITMANN.

A part. Saisissons cette occasion. *Haut.* Eh bien, mes enfans ? voila le beau moment de prouver à notre prince votre vénération et votre amitié, il faut aller tous ensemble au devant de lui.

MORILLE.

Oh ! que c'est bien dit ! Par où est-ce qu'il doit arriver ?

MAZULIN.

Par le grand chemin de Furnes, au Monastère des Bois.

MORILLE, *montrant la route.*

Bon, bon, par là. Heureusement que nous avons avec nous des ménétriers qui ne sont pas manchots ! Allons, mes amis, et vive la joie !

Ils partent tous. Brigitte les conduit au fond.

SCENE. VII.

MAZULIN, BITMANN, BRIGITTE, au fond.

BITMANN, *avec ironie.*

Je vous fais mon compliment, seigneur, prévot, vous vous acquittez parfaitement bien de votre charge.

MAZULIN.

Quoi donc, mon oncle ?

BITMANN.

Savez-vous ce qui s'est passé cette nuit dans ce bois, dans ce chateau ?.. non, n'est-ce pas ? Eh bien ! je l'ai vu moi, oui, j'ai vu des brigands de la compagnie du seigneur d'Arlebeck, sans doute, entraîner dans ce château une femme qu'à sa voix et à sa mise, j'ai cru reconnaître pour madame Adrienne.

MAZULIN, *avec humeur.*

Je ne puis pas être par tout ; mon devoir me retenait au près du prince, d'ailleurs les soldats français n'ont-ils pas ordre de leur général de faire des patrouilles de leur côté ?

BITMANN.

C'est fort bien ; mais à présent te voilà ici avec tes gardes, qui t'empêche de la délivrer ?

MAZULIN.

Y pensez-vous, mon oncle ? si j'eusse surpris ces brigands dans le bois, en flagrant délit, je les eusse arrêtés, sans doute ; mais ce château appartient à la sœur de mon souverain, oserai-je en forcer l'entrée ? je vais si vous voulez, la prévenir, lui demander son aveu, et alors...

BITMANN.

Voilà ton avis ? eh bien ? je sais moi des moyens plus
sûrs et plus expéditifs. (*il veut sortir.*)

MAZULIN, *l'arrêtant.*

Mais songez donc au danger...

BITMANN, *vivement.*

Au danger ! En est-il qui doive nous arrêter quand il
s'agit d'empêcher les méchans de consommer un crime ?

Il sort et rencontre Brigitte, qui revient du fond. Elle veut l'arrêter ; mais il con-
tinue son chemin.

BRIGITTE, *à Mazulin.*

Savez-vous, seigneur Mazulin...

MAZULIN, *avec humeur.*

C'est bon, c'est bon. (*il sort:*)

SCENE VIII.

BRIGITTE, *seule.*

A qui en ont-ils donc ? Les v'là tous partis, les uns
d'un côté, les autres de l'autre ; le marié, la mariée, les
amis, les voisins... Et quand, s'il vous plait ? lorsque tout
est prêt pour le déjeûner ; eh ! quel déjeûner encore !....
hem ! l'eau m'en vient à la bouche.

C'est pourtant une drôle de chose qu'un premier jour de
nôces ! Comme on est gai, joyeux ! Festin, danse, musique ; oh ! rien n'y manque, rien ne coûte. On ne sait
que s'imaginer pour faire de la dépense ; mais c'est le lendemain, le surlendemain, quand il faut compter avec sa
bourse. Ah ! c'est alors qu'est la douleur. On se repent
d'avoir régalé des gens qui semblent vous le reprocher,
comme si c'eût été à leurs dépens. Avez-vous vu, dit l'une,
cette magnifique bombance ? C'est pour faire la cossue,
répond l'autre. Eh ! sans doute, reprend celle-ci ; mais
tout ce qui brille n'est pas d'or. Oui, oui, repart celle-là,
bonne chère les jours gras pour jeûner jusqu'à Pâques.

V'là pourtant ce qu'on dit et redit ; et cela ne corrige
personne, au contraire çà va toujours en augmentant, et
c'est à quoi nous conduit la vanité du siècle d'à présent.
Oh ! que ce n'était pas de même dans ma jeunesse. Point
d'étranger, ni d'écornifleur. On dîhait joyeusement en famille ; on dansait gaîment aux chansons ; le soir on se re-
tirait paisiblement, et puis la, ré, la, la, la, la.

Elle chante et danse le refrein de il n'y a pas d'mal à ça, etc. Lahire, paraît dans
le fond, et contrefait Brigitte. Il faut observer qu'en entrant il s'est retourné pour
faire le signe de halte à ses soldats qu'on ne voit pas,

SCENE IX.

BRIGITTE, LAHIRE, un Ecuyer.

BRIGITTE, *surprise.*

Ah !

LAHIRE.

Courage, la maman : que je ne vous dérange pas.

BRIGITTE, *l'observant.*

Eh ! mais, si je ne me trompe pas, vous êtes de la compagnie de ce brave chevalier qui a pris la défense de notre comte Henry ?

LAHIRE.

Au château de Merville, n'est-ce pas ?

BRIGITTE.

Justement. Et que cherchez-vous dans notre canton ?

LAHIRE.

Nous cherchons à nous rafraîchir.

BRIGITTE.

Ah ! de bon cœur, je vous assure. (*Elle entre chez elle*)

LAHIRE, *regardant le château à Robert.*

Voilà bien un château ; mais de peur de faire un quiproquo, il faut d'abord prendre langue.

BRIGITTE, *rentre portant un pot de bière et des verres.*

Tenez, tenez, en voilà de toute fraîche, car elle sort de la cave.

LAHIRE.

Bien obligé ; à votre santé... (*à Robert.*) Ça ne vaut pas notre petit vin de Suresne ; mais ça rafraîchit toujours le gosier... (*tendant son verre.*) A la vôtre... (*apercevant le Pavillon.*) Ah ! pourquoi tous ces apprêts ?

BRIGITTE.

Pour recevoir notre bon prince, qui fait la revue de ses états.

LAHIRE.

Après douze années de prison, il était bien temps ou jamais. Ce fut de sa faute aussi : de quoi s'avisait-il de s'attaquer à notre souverain ? Il avait dans son parti... que sais-je moi ? mais les Français ne comptent jamais leurs ennemis , ils les battent, et cela vaut mieux. *A Robert.* A ta santé. *Ils boivent.* Je me souviens que j'eus l'honneur d'assister à cette affaire, et que votre comte Ferrand ou Ferdinand fût mis dans un charriot bien enchaîné, et conduit à Paris dans la tour du Louvre.

BRIGITTE.

Ce pauvre cher homme, enchaîné !

LAHIRE, *aprés avoir bu.*

C'est comme j'ai l'honneur de vous le dire. *A Robert.* Te rappelles-tu qu'on chantait dans les rues :

» Quatre ferrands bien ferrés ,
» Mènent ferrand bien enferré.

Car nous chantons tout nous autres Français ; mais comme notre jeune monarque vient d'être sacré et couronné, et que c'est le temps des amnisties générales , on lui a rendu la liberté, moyennant quelques villes pour sa rançon, et c'est ce qui nous procure l'honneur de boire à votre santé. Mais c'est donc le goût de votre prince de recevoir son monde en plein air ? Il me semble qu'il serait mieux dans ce château ; est-ce qu'il ne lui appartient pas ?

BRIGITTE.

Eh ! non, puisqu'il l'a cédé à madame Aliénor.

LAHIRE, *vivement.*

A madame Aliénor ? (*à Robert.*) C'est ça. (*il va au fond.*) Garde à vous ! en avant ! marche !

Un corps de troupes françaises s'avance, se range en bataille et fait front.

(*A Robert.*) Reste ici, et ne laisse sortir personne de ce château, sans un ordre du général ; et moi, avec le reste du détachement, je vais le cerner et éclairer les environs.

Lahire marche à la tête d'une partie de sa troupe, Mazulin paraît avec ses gardes.

SCENE X.

LES PRÉCÉDENS, MAZULIN, Gardes.

MAZULIN, *à Lahire.*

Seigneur cavalier, pourquoi cette troupe ?

LAHIRE.

Pourquoi ? pour garder nos limites et faire honneur à qui il est dû.

MAZULIN.

Apprenez que ce château appartient à madame...

LAHIRE.

Fut-ce au diable ; je ne connais que ma consigne, et l'ordre de mon général. (*à sa troupe.*) Marche !

Il sort avec sa troupe, et entre dans le château.

SCENE XI.

BRIGITTE, MAZULIN.

BRIGITTE.

Dites donc, seigneur Mazulin, le prince tardera-t-il à arriver !.. eh ! mais, j'entends, je crois...

MAZULIN, *à sa troupe.*

A l'ordre ! c'est monseigneur. (*Il marche au devant.*)

SCENE XII.

LE PRINCE, ALIENOR, BRIGITTE, MAZULIN, Villageois, Gardes.

LE PRINCE.

Je ne puis exprimer la satisfaction que j'éprouve en voyant la tranquillité et l'abondance qui règnent dans les différens cantons que j'ai déjà parcourus. Que le zèle et

l'amitié que m'ont témoignés les habitans de ces riches
contrées, m'ont bien dédommagé des ennuis d'une trop
longue captivité! qu'il me tarde de leur donner des preuves
de ma reconnaissance, en les soulageant des charges
qu'une guerre trop malheureuse me força de leur imposer! je veux que mes bienfaits, et la douceur de mon règne,
leur en fasse perdre jusqu'au moindre souvenir.

ALIÉNOR.

Oui, mon frère; la bonté, la douceur sont des qualités
estimables dans un souverain; mais c'est la justice, et
surtout la sévérité, qui maintiendront votre gloire et votre
autorité.

LE PRINCE.

Pensez-vous, ma sœur, que je puisse oublier les premiers devoirs d'un souverain?

ALIENOR.

Songez que l'indulgence, pour un criminel obscur, est
moins dangereuse qu'elle n'est funeste envers un coupable
que son rang élève au-dessus des autres mortels.

LE PRINCE.

Je vous entends; vous voulez parler du comte Henry.
Je ne lui fais point un crime des délais dont vous pourriez
vous plaindre. Le devoir et la bienséance lui prescrivaient
d'attendre mon retour, pour former les nœuds qui devaient
vous unir; je ne veux, ni ne dois abaisser mes regards sur
la personne qu'il recèle dans sa maison; folie d'un jeune
homme, feu passager...

ALIÉNOR, *vivement.*

Non, mon frère, passion funeste qui l'aveugle, qui le
domine.

LE PRINCE.

Mais cette personne...

ALIENOR.

Est jeune et belle, j'en conviens.

LE PRINCE.

Jeu du hazard. Quelle est-elle enfin?

ALIENOR.

Française, à ce qu'on dit, et élevée par humanité dans
le Monastère des Bois.

LE PRINCE, *à part et agité.*

Dans le Monastère des Bois? c'est dans cet azile sacré,
qu'après notre cruelle séparation, ma chère Léonore
s'était retirée. Ah! qu'il me tarde d'être instruit de son
sort. (*à sa sœur.*) Je conçois que l'infidélité du comte Henry
doit exciter votre ressentiment; mais, d'après votre rapport, c'est par une action plus criminelle qu'il s'est rendu
indigne de nous appartenir. Cependant, a-t-on des preuves
certaines?...

ALIÉNOR, *vivement.*

N'en doutez pas, mon frère. D'ailleurs, pourquoi nous fuir? pourquoi se soustraire à vos regards, lorsque son devoir l'appelait le premier au devant de nous?

LE PRINCE.

C'est une faute, et non pas un crime! Comment est-il possible, qu'un jeune chevalier si brave et d'une si belle espérance, se soit rendu coupable d'un si lâche forfait?

ALIÉNOR.

C'est aussi, bien moins de son ingratitude et de son infidélité, que je me plains, que de cette lâcheté dont vous m'avez promis la vengeance la plus prompte et la plus éclatante.

LE PRINCE.

Vous vous trompez, ma sœur. Un souverain punit et ne se venge pas. J'ai donné l'ordre de l'arrêter et d'obliger cette étrangère à s'éloigner de mes états; vous devez être satisfaite. C'en est assez pour le moment.

On entend du bruit, Mazulin va voir, et revient.

MAZULIN.

Monseigneur, l'écuyer d'un chevalier, qui veut-être inconnu, demande à être admis en votre présence.

LE PRINCE.

Qu'il vienne!

SCENE XIII.

LES PRÉCÉDENS, L'ECUYER.

L'écuyer de d'Arbosta entre, il va présenter, le genou en terre, un parchemin au prince, qui le déroule, le lit et le donne à Mazulin.

LE PRINCE.

Mazulin, lisez à haute voix.

MAZULIN, *lit.*

« Au noble comte de Flandres,
» Le chevalier de l'Aigle inconnu, requiert gage de
» bataille, contre d'Arlebeck, chevalier déloyal et félon.

Fanfare. Mazulin roule le parchemin et le garde.

LE PRINCE, *appelant fortement.*

D'Arlebeck?

MAZULIN.

Il est absent, monseigneur.

LE PRINCE.

Absent!

ALIÉNOR.

Il est à son poste : juge d'épée, il siége au tribunal secret.

LE PRINCE.

Qu'on lui dénonce le défi. On l'inculpe, qu'il se justifie
en plein tournoi, les armes à la main.

ALIENOR.

Ainsi, mon frère, un tournoi consacré à célébrer votre
heureux retour, entrepris en l'honneur des dames, de-
viendra une arêne arrosée de sang humain.

LE PRINCE.

Ainsi l'ordonnent les lois de la chevalerie; l'honneur
doit marcher avant les plaisirs.

L'écuyer sort, on le reconduit.

SCENE XIV.

LES PRECEDENS, excepté L'ECUYER.

Les villageots entourent Mazulin et le prient. Celui-ci a l'air de les refuser. Le

prince s'en apercoit.

LE PRINCE.

Qu'est-ce Mazulin? des plaintes, des réclamations?
laissez-les s'approcher, je suis ici pour entendre tout le
monde.

MAZULIN.

Pardon, monseigneur, ce sont mes parens et les habitans de ce canton qui désirent vous offrir leurs hommages.
Vous voyez de jeunes époux...

LE PRINCE.

C'est avec plaisir que je les reçois. Vous savez que je
partage le bonheur de mes sujets, comme je compatis à
leurs peines.

TOUS.

Vive, monseigneur?

ALIENOR, *au prince.*

Permettez, mon frère, que je vous précède au Monastère des Bois.

LE PRINCE.

Allez, ma sœur, je ne tarderai point à vous rejoindre.

ALIENOR, *à part en sortant.*

Courons hâter l'exécution de nos projets. (*Elle sort.*)

SCENE XV.

LES PRÉCÉDENS, excepté ALIENOR.

BALLET

Ayant pour motif un hommage au prince.

MAZULIN

qui s'est éloigné pendant la fête, rentrant en scène.

Grand désastre, monseigneur, le château de Merville a
été incendié cette nuit.

TOUS.

Ciel !

MAZULIN.

L'étrangère n'a point paru ; on craint qu'elle n'ait été la proie des flammes.

TOUS.

Dieu !

MAZULIN.

Le sire de Craon, à la tête de ses troupes, se porte sur ce château par le petit chemin du bois.

CRAON, *dans la coulisse, et appelant.*

Lahire !

LAHIRE, *dans le château.*

Monseigneur ?

Craon arrive à la tête des Français, d'un côté. Lahire arrive de l'autre avec son détachement.

SCENE XVI.

LES PRÉCÉDENS, CRAON, LAHIRE.

LE PRINCE.

Sire Craon de Mareuil, quoi ? des actes d'hostilité jusques dans mes états ?

CRAON, *furieux.*

Jusqu'aux enfers, monseigneur ; la représaille est de droit à qui fut offensé. J'ai permis que le comte Henry, mon prisonnier, devînt le vôtre, sans préjudicier à mes droits, et sous la garantie de la justice ; mais la dame qui fut confiée à ma foi, est restée sous ma sauve-garde.

LE PRINCE.

Eh bien ?

CRAON.

Des scélérats ont violé son asile ; ils y ont porté le fer et la flamme, et pendant le désordre affreux d'un horrible incendie, ils l'ont arrachée de sa retraite, pour la conduire où ? dans le repaire d'une femme implacable, qui a juré sa perte et celle de mon ami. Mais a-t-elle pensé que Craon de Mareuil souffrirait cette injure ? qu'il ne réclamerait pas le gage qui lui fut confié, qu'il doit défendre au péril de sa vie ?

LE PRINCE.

Je condamne cette violence. Mais, sire de Mareuil, pouviez-vous ignorer mon retour ? et que c'était à moi qu'il fallait vous adresser pour en avoir raison ?

CRAON, *vivement.*

Lorsque le péril presse, monseigneur, on agit, on ne délibère pas. Qui sait à quel excès la haine et le désir de se venger peuvent porter une femme jalouse et vindicative ? Ma dame est en son pouvoir, qui me répond de ses jours ? Une incendiaire est capable de tout.

(32)

LE PRINCE, *se contenant.*

Sire de Mareuil, imposons silence à la voix des passions,
vous avez raison de réclamer, au nom de la chevalerie,
la dame que vous défendez ; mais j'ai le droit à mon tour
de retenir le comte Henry, mon sujet, accusé d'un crime...

CRAON.

Je le nie, monseigneur, et présente le combat à outrance
à quiconque osera le soutenir.

LE PRINCE.

Je connais votre valeur, et j'admire votre générosité. Ce
n'est pas d'aujourd'hui que j'en ai des preuves. Pourrais-je
oublier le malheureux service que vous me rendîtes à la
bataille de Bovines ? Que ne me laissiez-vous plutôt périr
au champ d'honneur... Combat désastreux ! dont les suites
m'ont été si funestes ! O Philippe ! Philippe ! quel abus
injuste et cruel tu fis de la victoire.

CRAON, *noblement.*

Pardon, monseigneur, si je défends la mémoire du
grand homme que vous accusez. Un français ne peut entendre de sang-froid qu'on attaque l'honneur et la gloire
de son souverain. Oubliez-vous qu'après la révolution qui
vous força d'abandonner le Portugal au roi de Castille...

LE PRINCE, *à part.*

Et ma chère Léonore !

CRAON.

Ce fut ce même Philippe-Auguste qui vous nomma
l'époux de l'héritière des états que vous possédez ! Ne
fût-ce pas aussi pour reconnaître cette faveur insigne, que
vous consentites à la cession des villes qu'il se réservait,
et qui firent, de tous temps partie de la monarchie française ? Pourquoi donc réclamer ensuite contre cet acte de
votre propre volonté ? Revendiquer des places qui ne vous
appartenaient plus, et vous révolter contre votre légitime
suzerain ? Vous payâtes cher, sans doute, cette injuste
réclamation. L'Allemagne, l'Angleterre, et quatre souverains réunirent leurs forces aux vôtres ; ils comptaient
déjà partager, avec vous, les débris de notre empire ;
mais vous éprouvâtes tous, dans les champs de Bovines,
que les Français sont invincibles quand ils ont des chefs
dignes de les commander.

L'empereur Othon fut le premier à vous abandonner ;
et cette lâche désertion fut le signal de votre défaite, puisqu'il entraîna dans sa fuite le reste de vos alliés. J'en ex-
cepte le comte de Boulogne : resté seul avec vous, ce preux
chevalier se défendit encore contre une armée victorieuse ;
mais l'heure était venue. Ce fut en vain que, luttant contre le sort ennemi, vous étonnâtes, par vos faits d'armes,
les plus intrépides de nos guerriers ; réduit à tout perdre,
hors l'honneur, il fallut vous rendre ou périr.

(33)

LE PRINCE.

Il est vrai; mais je ne voulus remettre mon épée qu'au
plus vaillant des ennemis, et ce fut à vous, sire de Mareuil qu'appartint cet honneur.

CRAON, *avec chaleur.*

Votre épée?... je la conserve, monseigneur; et je prie
le ciel de n'en jamais faire usage, contre le noble guerrier qui fut forcé de me la rendre.

LE PRINCE.

Ne parlons plus d'un événement dont le souvenir est
toujours douloureux à mon cœur. Je ne puis, brave
Craon, permettre le combat que vous demandez. Nul
guerrier ne s'est porté l'accusateur du comte Henry.

CRAON.

On assure que c'est madame Aliénor qui le poursuit;
qu'elle nomme un chevalier pour soutenir sa cause; qu'il
paraisse; qu'il entre dans la lice, me voilà prêt.

LE PRINCE.

Non, vous dis-je, la nature du délit ne peut être résolue
en champ-clos. C'est au tribunal secret à en connaître;
c'est devant lui que le comte doit se justifier. Vous pouvez cependant assister...

CRAON, *vivement.*

Oui, certes, monseigneur, j'y défendrai le comte Henry, et j'espère que ce jour éclairera le triomphe de la justice et de la vérité.

LE PRINCE, *aux gardes.*

Qu'on livre le passage au sire de Mareuil.

Craon entre dans le château, ainsi que Lahire et Mazulin,

SCENE XVII.

LE PRINCE, *seul.*

Qelle fierté! un mot de plus, et je me voyais bravé
jusques dans mes états; les Français sont-ils nés pour devenir les maîtres de l'Univers? quelle est donc cette
femme, pour laquelle il s'intéresse avec tant de chaleur?..
Je vais la voir.

SCENE XVIII.

LE PRINCE, ADRIENNE, CRAON, LA HIRE,
MAZULIN, villageois, gardes.

CRAON, *amenant Adrienne.*

Venez, venez, madame, je vais moi-même vous conduire dans la retraite inviolable qui doit servir d'azile à la
vertu. (*au prince.*) Monseigneur, c'est sous vos auspices,
sous votre sauve garde, que madame désire se retirer au
Monastère des Bois, et j'ose vous assurer qu'il n'est personne dans votre cour dont elle ne doive attendre des hommages et des respects.

LE PRINCE.

Comment?

ADRIENNE, *à genoux.*

Ah! monseigneur, qu'il m'est affreux de porter le trouble dans vos états; le ciel m'est témoin...

LE PRINCE.

Levez-vous, madame, levez-vous. *Il la relève et dit à part.* O ciel! qu'elle ressemblance! *très-ému.* Le vif intérêt que vous m'inspirez et le témoignage du sire de Mareuil, vous sont garants de votre liberté.

ADRIENNE.

Eh bien, monseigneur, rassurée par vos bontés, oserais-je vous demander la grace d'un entretien particulier? il y a si long-temps que je le désire, puis-je enfin l'espérer?

LE PRINCE.

Je me ferai toujours un plaisir et un devoir de vous entendre.

ADRIENNE, *pénétrée.*

Ah! monseigneur, quand je serai mieux connue de vous, je prie le ciel de vous inspirer les sentimens que j'ose attendre de votre vertu et de votre générosité.

LE PRINCE.

Vous me feriez tort d'en douter.. Sire de Mareuil, veuillez conduire madame au Monastère des Bois où je suis attendu pour la fête, et le tournoi qu'on y prépare. Mazulin, dites à vos parens et à vos amis de me suivre, ils m'ont invité à leur fête, il est juste qu'ils participent à la mienne.

TOUS.

Oui, monseigneur.

LE PRINCE, *aux villageois*

Venez, mes enfans. *A Craon.* Allons, sire de Mareuil. j'espère qu'en digne chevalier, vous ne refuserez pas de rompre une lance en l'honneur des dames?

CRAON.

Une lance, monseigneur? vingt s'il le faut pour défendre l'innocence et la vertu.

Ils sortent, la suite accompagne.

Fin du second Acte.

ACTE III.

Le théâtre représente un salon; le fond percé a jour laisse voir de superbes jardins. Sur un des côtés, une table couverte d'un riche tapis; à côté un fauteuil, à droite un trône élevé sur deux marches.

SCENE PREMIERE.

D'ARBOSTA, BITMANN.

D'Arbosta est en vieillard, avec une toque et une barbe.

BITMANN.

Oui, je suis prêt à vous servir, seigneur d'Arbosta, mais un homme de votre rang peut-il se présenter en l'état où vous êtes, dans des lieux où brillent la richesse et la magnificence ?

D'ARBOSTA.

D'Arlebeck ne veut point, m'a dit mon écuyer se compromettre avec un inconnu; mais je saurai l'y contraindre. Aliénor approuve son refus ; ils sont sans doute d'intelligence. Qu'il est vil ce d'Arlebeck ! peut-il oublier qu'il osa porter ses vœux indiscrets jusqu'à ma parente et que le plus profond mépris fut la récompense de sa témérité; quoi qu'il en soit je veux m'éclaircir sur les sentimens d'Aliénor à mon égard ; le dessein, l'ardeur qu'elle affecte de venger ma mort, n'est peut-être qu'un prétexte pour se venger elle-même du comte Henry.

BITMANN.

Eh ! sans doute. Le péril presse, et si vous ne vous découvrez vous-même, je vous avoue franchement que je serai forcé...

D'ARBOSTA, *noblement*

Ne vous ai-je pas répondu de ses jours ? Ne me quittez plus, et vous verrez si je tiens ma parole; mais je ne puis plus long-temps résister à l'impatience de me convaincre de l'innocence d'Aliénor, ou de sa perfidie ; et voici ce qui va mettre un terme à mon incertitude.

Il montre une lettre, Mazulin paraît dans le fond du sallon, avec des gardes.

BITMANN.

De qui, et pour qui cette lettre ?

D'ARBOSTA.

De moi, et pour Aliénor.

MAZULIN.

Bon, je vais la donner à mon neveu, le prévôt, pour la lui remettre.

D'ARBOSTA.

Non, je veux moi-même....

BITMANN.

Quoi ! sous cet habit ?..

D'ARBOSTA.

Soyez tranquille, dites seulement à votre neveu de m'introduire.

BITMANN, *apercevant Mazulin.*

C'est bien aisé, car le voici lui même.... Mazulin.

SCENE II.
LES PRÉCÉDENS, MAZULIN.

BITMANN.

Tiens, Mazulin, voilà un brave homme, dont je réponds, en cas de besoin, qui désire parler à mad. Aliénor.

MAZULIN, *après avoir regardé d'Arbosta.*

Y pensez-vous, mon oncle? quoi? dans un jour de cérémonie comme celui-ci...

BITMANN.

Eh bien ? est-ce que la cérémonie empêche de parler ?

au surplus, c'est une lettre qu'il veut lui remettre, oui, à elle-même. Il vient de Gersey tout exprès, faut-il qu'il s'en retourne sans avoir fait sa commission?

MAZULIN, *vivement.*

On vient, c'est peut-être le prince... Non, c'est madame Aliénor.

SCENE III.

LES PRÉCÉDENS, Madame ALIENOR, son écuyer, suite.

ALIENOR, *ne voyant d'abord que Mazulin.*

Mazulin, on m'a parlé de brigands que les Français ont arrêté cette nuit dans la forêt. Dès qu'ils auront été traduits devant vous, je veux moi-même les interroger. N'avez-vous rien découvert concernant ce chevalier inconnu qui ose défier d'Arlebeck.

MAZULIN.

Non, madame.

ALIENOR.

C'est en vain que j'ai fait faire des informations, on n'a pu le découvrir. (*Elle aperçoit d'Arbosta, et Bitmann.*) Que veulent ces gens-là ?

MAZULIN.

C'est mon oncle, madame, et...

ALIENOR.

Votre oncle ? je le reconnais ; il était au château de Merville ; il est officieux, il a le cœur bon ; mais il place mal ses services. Que cherche-t-il ici ?

MAZULIN.

Il a conduit cet étranger.

ALIENOR.

Un étranger ? que veut-il ? que demande-t-il ? (*d'Arbosta passe devant Bitmann, et présente une lettre.*) Une lettre ! Voyons. L'écriture de d'Arbosta ! Lisons. (*elle lit.*) « Si » vous êtes innocente de ma mort, honorez-là d'une » larme. Si vous en fûtes coupable, que le ciel vous fasse » grace : mon cœur vous a déjà pardonné. (*elle reste étonnée.*)

D'ARBOSTA, *à part.*

Quelle indifférence ! quelle froideur !

ALIENOR, *à part.*

Que veut-il dire ? (*à d'Arbosta.*) Est-ce celui qui a écrit cette lettre qui vous l'a remise ?

D'ARBOSTA, *à demi-voix.*

Oui, madame.

ALIENOR.

Avant de mourir, ce malheureux vous a-t-il parlé de moi ?

D'ARBOSTA.

Non, madame.

ALIENOR.

C'en est assez.

D'ARBOSTA, *à part.*

L'ingrate !

ALIENOR.

Haut. Mazulin, je vous recommande ce vieillard. *Bas.* Assurez-vous de lui. *Haut.* Prodiguez-lui les plus grands soins. *Bas.* Qu'il ne parle à personne. *Haut à d'Arbosta.* Allez, bon vieillard ; votre peine ne restera pas sans récompense. *Elle parle à Mazulin.*

D'ARBOSTA, *à Bitmann, à part.*

Pas une larme ! pas un regret ! La perfide ! Oui, je serai vengé.

ALIENOR, *continue haut à Mazulin.*

Et en sortant du tribunal, vous viendrez m'avertir.

Elle avance sur le théâtre, et relit la lettre. Pendant ce temps, Mazulin veut emmener d'Arbosta, Bitmann s'y oppose.

BITMANN, *à Mazulin, avec autorité.*

N'est-ce pas assez que j'en réponde ?

Mazulin sort d'un côté, Bitmann et d'Arbosta de l'autre.

SCENE IV.

ALIENOR, *seule.*

Lorsque d'Arlebeck m'apprit le malheur de d'Arbosta, je ne pus m'empêcher de donner des regrets à sa mémoire. Qu'entendait-il donc par ces mots. « Si vous êtes inno- » cente de ma mort. » *Fiérement.* Eh ! pourquoi m'en aurait-il cru coupable ? Il est vrai que c'est moi qui l'armai contre le comte Henry ; mais est-ce ma faute s'il a été la victime d'une trahison ? N'est-ce pas pour le venger, ainsi que moi, que je poursuis le perfide Henry ? Le tribunal secret est assemblé. Le comte est jugé peut-être en ce moment. Ah ! si son péril pouvait le déterminer à réparer ses torts ! S'il pouvait me sacrifier l'étrangère dont les charmes l'ont séduit ! Que dis-je ? faible que je suis ! Moi, l'aimer encore, lui pardonner, laisser mon affront impuni, être témoin du bonheur d'une rivale ? Plutôt périr moi-même que de démentir l'orgueil du sang qui coule dans mes veines !

SCENE V.

ALIENOR, MAZULIN.

ALIENOR, *inquiète.*

Eh bien, Mazulin ?

MAZULIN, *pénétré.*

Le comte est condamné.

ALIENOR, *très-émue.*

Condamné !... *A part.* Je sens qu'une horreur secrète s'empare de mon âme... *Haut.* Le comte est-il instruit de son arrêt ?

MAZULIN.

Vous savez, madame, que les jugemens du tribunal secret ne peuvent être divulgués qu'après la sanction du souverain.

ALIENOR, *d'un ton décidé.*

Faites venir le comte. *Mazulin hézite.* Eh bien, qui vous arrête ?

MAZULIN.

Je suis prêt à vous obéir ; mais s'il refusait de se rendre à vos ordres ?

ALIENOR, *fierement.*

Vous croyez... Sait-il ce qui s'est passé depuis qu'il a été commis à votre surveillance ?

MAZULIN.

Il doit l'ignorer, madame ; puis il a été mis au secret en entrant dans ce monastère.

ALIENOR.

Allez le trouver, et ne lui rapportez que ce que je vais vous dire : apprenez lui qu'un incendie a détruit l'azile de sa dame inconnue ; qu'elle a disparu, et que je puis seule l'éclairer sur son sort. Rien de plus ; prenez-y garde.

Mazulin sort.

SCENE. VI.

ALIENOR, *seule.*

Ce n'est point son danger qui m'épouvante ; s'il le mé-
rite, je suis assez sure de mon frère pour obtenir son pardon ; mais je veux qu'il fléchisse. Je veux que, comblé de
mes bontés, il connaisse si je suis digne du sacrifice que
j'exige de lui ; s'il devait balancer entre une femme inconnue, et la sœur de son souverain. Oui, qu'il fléchisse !
mon honneur le veut, et ma gloire l'ordonne. Ah ! quel plaisir pour moi de lui dire alors : Ingrat ! tu m'as offensée, tu
m'as trahie, un tardif repentir te ramène à mes pieds ? eh
bien ! je te refuse, et ne veux te punir qu'en te donnant la
vie. Oui, je te laisse pour supplice le souvenir de ton ingratitude et de ma générosité.

SCENE. VII.

ALIENOR, HENRY, MAZULIN.

HENRY, *entrant précipitament.*

Ah ! madame, est-il vrai qu'oubliant l'offense que vous croyez avoir reçue de moi...

ALIENOR, *vivement et amèrement.*

Que je crois, sire Henry, que je crois ? Vos sentimens
pour une autre n'ont-ils pas hautement éclaté ? Je vous
demande, à mon tour, si vous croyez qu'une telle injure
puisse sortir de ma mémoire ? si vous croyez m'enlever
impunément la foi qui me fut promise ?

HENRY.

Je sais, madame, que l'intention de votre frère fut de
m'unir à vous. Je sais qu'avant la malheureuse journée de
Bovines, il me dit que s'il revenait vainqueur, votre main
serait le prix de mes services, et le gage éternel de son
amitié.

ALIENOR.

Eh bien?

HENRY.

Un silence respectueux fut toute ma réponse.

ALIENOR, *vivement.*

N'était-ce pas consentir?

HENRY.

Non, madame. Quand il s'agit de se lier pour la vie, il faut que le cœur parle, que la bouche prononce, et que la main confirme le serment.

ALIENOR.

Perfide!

HENRY.

Je le serais si j'avais promis. Le sort trahit les armes de votre frère, et m'entraîna moi-même loin de ses états. La paix me ramena, long-temps après, dans ma patrie, et mon cœur, avide de consolation, s'ouvrit à l'amour. Je l'avoue. Adrienne... *Mouvement de colère de la part d'A-liénor.* Mais, madame, n'est-ce pas pour m'instruire de son sort, que vous avez souhaité ma présence? Déjà rassuré sur le plus grand des malheurs, je sais que le ciel n'a pas permis qu'elle fût la proie des flammes qui ont dévoré son azile. Achevez, daignez m'apprendre... Vous détournez la vue? N'ai-je été flatté d'un doux espoir, que pour être accablé du coup le plus funeste? Vous ne répondez rien? Que m'annonce votre silence, votre embarras? Par pitié, de grace, faites cesser cette fatale incertitude. Est-ce par haine, par vengeance, que vous prolongez mon tourment? Achevez, cruelle! Vous savez trop qu'il ne faut qu'un mot pour me donner la mort.

Il tombe à ses genoux.

ALIENOR, *à part.*

Il est à mes pieds, il me prie, il me conjure, et c'est pour une autre. Mon indignation est à son comble.

SE NE VIII.

ALIENOR, HENRY, ADRIENNE.

ADRIENNE, *entrant vivement.*

Henry! Henry!

HENRY, *se levant avec transport.*

C'est elle! Adrienne, ma chère Adrienne! *à Aliénor.* Ah! madame, je rends grace au ciel, à vos bontés...

ALIENOR, *indignée.*

Qu'osez-vous dire, à mes bontés? Croyez-vous qu'elles l'aient ramenée dans vos bras? que vous leur deviez l'heureux moment qui la rend à votre impatience? Certes, je mériterais en effet l'affront dont je rougis, si je fusse descendue à cette lâcheté. Non, non, connaissez mieux le sort que je vous réserve. (*à Adrienne.*) Vous l'aimez? (*à Henry.*) Ses jours vous sont chers? préparez-vous tous deux au plus grand sacrifice. Il est inutile de vous flatter, comte, vous êtes condamné.

ADRIENNE, *effrayée.*

Condamné ?

HENRY, *indigné.*

Condamné ? sans avoir été entendu !

ADRIENNE.

Quoi, madame...

ALIENOR, *avec amertume à Adrienne.*

Voici l'instant de prouver cette générosité dont vous faisiez tantôt un si grand éloge. Je ne dis plus qu'un mot; son sort dépend de vous. Votre fuite ou sa mort. *Elle sort.*

SCENE IX.
ADRIENNE, HENRY.

ADRIENNE.

Ou ma fuite ou ta mort ! ô mon cher Henry. quel astre funeste présidait à l'instant de notre union ! La cruelle a raison, c'est le plus grand des sacrifices; mais en est-il qui puisse m'effrayer quand il s'agit de te sauver la vie.

HENRY.

Me serai-je trompé quand j'ai cru ton âme aussi grande que la mienne ? Quoi ? renoncer par frayeur à l'union la plus sainte; nous parjurer ! Combien n'ai-je pas souffert du serment que tu m'as arraché de la tenir secrète , jusqu'à ce que ton sort fût décidé, et qu'il te fût permis, sans te parjurer toi même , d'en instruire ton époux !

ADRIENNE.

Voici le moment... O ciel ! le prince a promis de m'écouter.

HENRY.

Prends garde , Adrienne : je demande justice, et ne veux point de grace. Qui la reçoit, laisse planer sur sa tête l'infamie du soupçon. Je peux mourir sans crainte, mais je ne peux vivre sans honneur.

SCENE X.
LES PRECEDENS, CRAON, MAZULIN, dans le fond.

CRAON.

Vous me voyez indigné de la perfidie. et de la scélératesse qu'on n'a pas craint d'employer contre vous. Les brigands, que mes soldats ont arrêtés cette nuit, sont les incendiaires de votre château, ce sont eux qui en ont arraché madame Adrienne pour la conduire chez Aliénor; tels sont enfin les témoins qu'on ose vous opposer.

HENRY.

Ferdinand ne peut refuser de m'entendre.

CRAON.

Il me l'a promis.

HENRY.

Il a connu le malheur; il doit être sensible. Il a senti le poids de l'oppression, il doit être juste; mais si tout s'arme contre moi....

CRAON.

Soyez sûr que Craon ne vous abandonnera pas : mes

soldats sont prêts, et sous prétexte d'honorer la fête, je les fais avancer pour soutenir les droits sacrés de l'honneur et de la chevalerie.

HENRY.

J'ose, à mon tour, réclamer votre prudence; point d'éclat sur-tout: promettez-moi....

CRAON.

Je vous promets d'être juste, et vous verrez si je le suis. (*A Mazulin*). Le prince ne va-t-il pas se rendre ici?

MAZULIN.

Oui, monseigneur, il y doit recevoir les députés de ses états.

CRAON, *à Henry*.

Venez, mon ami, ne nous éloignons pas; dès qu'il sera libre, c'est moi qui veux vous présenter à lui. (*A Adrienne*). Soyez tranquille, madame, Craon veille à votre sûreté. (*Ils sortent*).

SCENE XI.

ADRIENNE, *seule*.

Le prince va venir; je vais donc lui parler? O ciel! soutiens mon courage; tu sais combien je dois desirer, craindre ou bénir la suite de cet entretien.

SCENE XII.

ADRIENNE, MAZULIN, Gardes.

Mazulin revient avec beaucoup de gardes, il en place deux en sentinelle à l'entrée du fond.

MAZULIN.

A l'ordre! c'est monseigneur.

ADRIENNE, *à part*.

C'est lui. (*Elle va s'asseoir*).

SCENE XIII.

LES PRECEDENS, LE PRINCE, suite.

LE PRINCE, *à sa suite*.

Qu'on me laisse seul; je veux jouir d'un moment de tranquillité. (*Tout le monde se retire*).

ADRIENNE, *assis*

La force m'abandonne.

LE PRINCE. *Il s'avance sans voir Adrienne.*

Léonore! Léonore! elle n'est plus! et je n'ai pu jouir de ses derniers momens, recueillir son dernier soupir.

Il va, accablé, pour s'asseoir dans le fauteuil, il aperçoit Adrienne; elle se lève tremblante.

C'est vous, madame, restez, rassurez-vous : j'ai promis
de vous entendre. Le brave Craon de Mareuil s'honore
de votre estime ; mais il n'a pu m'apprendre quels sont
les motifs qui vous intéressent en faveur du comte Henry.

ADRIENNE.

Ces motifs sont puissans, monseigneur, ils sont sacrés,
puisqu'il est mon époux.

LE PRINCE, *surpris.*

Votre époux ! Eh quoi ! le comte Henry pouvait-il oublier que mon dessein fut d'unir son sort à celui de ma
sœur ? Ce désir, que je lui témoignai, n'était-il pas un
ordre de la part de son souverain ? Quel parti plus glorieux
pouvait-il souhaiter ? Combien de temps n'a-t-il pas
laissé Aliénor se flatter de cet espoir ? Ce n'est donc que
lorsqu'il a pensé que ma captivité serait éternelle que je pé-
rirais en secret dans les fers, où j'étais abandonné, qu'il a
contracté d'autres nœuds, qu'il humilie la sœur de son
prince, et se révolte contre son autorité ?

ADRIENNE.

Je ne veux point excuser les torts du comte envers vous,
et ce qui met le comble à ma douleur, c'est d'être la cause
de sa désobéissance ; c'est pour moi qu'il s'est rendu coupable, c'est moi que vous devez punir. S'il ne faut que
mon sang pour calmer votre courroux, brisez les nœuds
qui vous irritent contre lui, je consentirai à cet affreux
sacrifice ; n'en demandez pas davantage ; rompre notre
hymen, c'est me donner la mort.

LE PRINCE, *à part.*

Je ne sais quel charme secret me parle, m'attendrit
en sa faveur. (*Haut, avec bonté.*) Ce noble dévoue-
ment, votre candeur, votre générosité, tout prouve que
vous seule pouviez porter le comte à l'oubli de ses devoirs ; son excuse paraît écrite dans vos yeux. (*Plus sévèrement*). Mais, madame, plus le rang nous élève au-
dessus des autres mortels, plus les obligations que nous
avons à remplir sont sacrées : le comte Henry, pair de
Flandres, n'a pu disposer de sa foi sans l'aveu de son
souverain, sans former du moins une alliance qui puisse
justifier l'audace de lui avoir désobéi.

ADRIENNE.

Je vous entends, monseigneur, la calomnie n'a point
épargné celle que le comte honora de son choix. Il est
temps de lui imposer silence, et votre retour seul pouvait m'en fournir les moyens.

LE PRINCE, *surpris.*

Mon retour, dites-vous ?

ADRIENNE.

Voici l'instant de révéler un secret ignoré même de mon époux ; non, monseigneur, le comte Henry n'a point à rougir des nœuds qu'il a formés : le sang dont je sors a vu l'empire d'Orient soumis à ses lois.

LE PRINCE.

Quoi, madame !. . . . . Pardonnez ; mais la France m'a-t-on dit vous a vu naître.

ADRIENNE.

Mes parens y reçurent le jour.

LE PRINCE.

Et vous, madame ?

ADRIENNE.

Dans vos états, et je fus élevée dans ce monastère.

LE PRINCE, *étonné.*

Dans ce monastère ?...

ADRIENNE.

Oui ; c'est ici qu'une amie intime de l'abbesse prit soin de mon enfance. J'y passais pour une orpheline. J'ai joui pendant cinq ans des bontés, des caresses qu'elle me prodiguait ; et je touchais à mon second lustre, lorsque le ciel me priva de ses tendres secours.

L'abbesse, témoin ainsi que moi de ses derniers momens, m'approcha de son lit. Cette bienfaitrice adorée me prit dans ses bras, m'arrosa de ses pleurs, et me dit, d'une voix faible et mourante : « Adrienne, ma chère Adrienne, » promets à ta mère. » Depuis long-temps je lui donnais ce nom cher et sacré. « Promets à ta mère, jure lui de » conserver, avec son souvenir, le dépôt qu'elle te con-» fie. » Elle me remit alors cet écrin, et m'ordonna de n'en disposer que de l'aveu de sa vénérable amie. Ces paroles furent les dernières qu'elle prononça, son œil mourant se ferma pour toujours à la lumière. (*Elle pleure.*) Il y a douze ans... Combien je dois m'en souvenir !

LE PRINCE.

Douze ans ? époque fatale de ma malheureuse captivité.

ADRIENNE.

Et de la perte de la plus tendre des mères.

LE PRINCE, *ému et à part.*

O ciel ! quel rapport !

ADRIENNE.

Depuis ce temps les soins de l'abbesse, pour moi, ne se sont jamais démentis. Vous savez que dans les nobles monastères de ces contrées, les dames qui les composent, jouissent d'une honnête liberté. Les actes de religion remplis , elles peuvent rentrer dans la société , renoncer même à leurs vœux , et passer dans les bras d'un époux.

LE PRINCE.

Eh bien , madame?

ADRIENNE.

Les chevaliers donnaient des fêtes, des tournois ; Henry s'y distinguait toujours par son adresse et son courage ; c'était de mes couleurs qu'il se parait, c'était de moi seule qu'il voulait recevoir le prix ; enfin Henry, l'idole de tous les cœurs, triompha de celui d'Adrienne.

LE PRINCE.

Achevez, de grace , achevez.

ADRIENNE.

L'abbesse lut sans peine au fond d'un cœur qui ne pouvait avoir de secret pour elle : cette respectable protectrice mande Henry en ma présence. » Comte, lui dit-elle, vous aimez Adrienne? » Il me regarde, soupire et tombe à mes genoux, j'avoue que mon émotion ne me permit pas de le relever. L'abbesse continue : « Adrienne vous aime , un serment sacré m'empêche de vous révéler le secret de sa naissance : j'atteste devant Dieu qu'elle est égale à la vôtre, voulez-vous être l'époux d'Adrienne , je dis seulement d'Adrienne? » Les plus vifs transports furent sa réponse. « Allez, ajouta-t-elle, consultez-vous , réfléchissez ; mais songez qu'il faut épouser Adrienne, ou vous résoudre à ne la voir jamais. » Que vous dirai-je de plus ? J'aimais Henry , il m'adorait, et....

LE PRINCE.

Et c'est ainsi qu'il devint votre époux?.. mais, cet écrin? comment avez-vous pu lui en faire un mystère?

ADRIENNE.

Je l'avais juré.

LE PRINCE.

Ignoriez-vous aussi ce qu'il contenait?

ADRIENNE.

L'abbesse ne m'en instruisit qu'en allant à l'autel.

LE PRINCE.

Ne vous désigna-t-elle pas à qui vous deviez le remettre?

ADRIENNE , *tremblante.*

Pardonnez moi, monseigneur, à vous.

LE PRINCE.

A moi ; pourquoi donc avoir tant tardé ?...

ADRIENNE.

Songez à votre longue absence : ne devais-je pas attendre l'heureux moment de votre liberté?

LE PRINCE , *prend l'écrin, l'ouvre et dit :*
Mon portrait! une lettre? (*il lit.*)
» Une horrible défaite vous a fait tomber au pouvoir de
» Philippe Auguste. Je frémis du sort qu'il vous prépare
» et je n'y survivrai pas ; ah! Ferdinand, vous avez été
» forcé de me sacrifier, je vous le pardonne. La politique
» a brisé les nœuds de l'amour, je vous rends votre pro-
» messe et vous remets le fruit de notre hymen secret. »
LEONORE de COURTENAI.

(*Il tombe dans un fauteuil.*) O ciel! (*A Adrienne qui est à
ses genoux.*) Ma fille! ah! mon cœur ne m'avait pas
trompé.

A D R I E N N E.
Mon père! Ah! qu'il tardait à ma tendresse de vous
donner ce nom, de recevoir celui de votre fille!

LE PRINCE.
Combien le ciel m'a puni! mais son courroux est appai-
sé sans doute. O ma chère Léonore! oui, c'est toi, c'est
ton cœur que je retrouve dans celui de notre Adrienne.

ADRIENNE ; *tres-émue.*
Pardon, mon père, si je trouble des momens si doux ;
mais tremblante sur le sort de mon époux....

LE PRINCE.
Craon me répond de lui ; mais plus le nœud qui vous
unit le rapproche de moi, plus son innocence doit éclater
aux yeux de l'univers. Il ne suffit pas de notre désaveu,
l'évidence la plus lucide doit imposer silence à la calomnie et confondre ses ennemis.

ADRIENNE , *dans les bras de son pere.*
Ah! n'en doutez pas.

Alténor paraît.

SCENE XIV.

LES PRECEDENS, ALIENOR, D'ARLEBECK, suite.

A L I E N O R , *avec amertume et ironie.*
Bien, mon frère, fort bien ; il parait que madame a des
charmes surnaturels pour attendrir jusqu'à ses juges. Mais
heureusement pour l'équité, il est dans votre tribunal des
âmes courageuses que ne peuvent atteindre tous les manè-
ges de la séduction. (*elle va à d'Arlebeck*)

LE PRINCE , *bas à Adrienne.*
J'exige de toi , le plus profond silence.

ALIENOR. *à d'Arlebeck.*
Approchez, d'Arlebeck, remplissez votre mission.
(*d'Arlebeck donne avec respect un parchemin au Prince.*)

Voyez, mon frère, lisez et jugez si vous pouvez refuser de sanctionner l'arrêt qui vient d'être rendu.

LE PRINCE. *après avoir lu, tranquillement.*

Je vois que le comte Henry est accusé d'un crime; mais je ne vois pas qu'il en soit convaincu.

ALIENOR, *vivement.*

Attendez vous son assentiment pour le croire coupable?

(*Craon parait dans le fond*)

LE PRINCE.

Pourquoi n'a t-il pas été entendu?

ALIENOR.

Quoi? lorsque des témoins.....

SCENE XV.

LES PRÉCÉDENS, CRAON, LAHIRE.

CRAON. *s'avançant.*

Madame parle de témoins, je les récuse.

ALIENOR. *fierement.*

Comment et pourquoi le sire de Craon intervient-il dans un délit qui lui est étranger? quel droit a t-il?.

CRAON.

Quel droit madame? Celui que votre frère m'a donné d'assister à ce jugement, et la parole qu'il a reçue de moi que ce jour éclairerait le triomphe de la justice et de la vérité.

LE PRINCE, *à Mazulin.*

Faites venir le comte Henry.

(*Mazulin sort.*)

CRAON, *à Lahire.*

Fais venir les témoins. (*Lahire sort.*)

SCENE XVI.

LES PRÉCÉDENS, *excepté* LAHIRE et MAZULIN.

ALIENOR.

Comment? les témoins étaient au pouvoir du sire de Craon? était-ce pour les engager sur l'espoir d'une récompense, ou les forcer par la crainte à se dédire de leur déposition?

CRAON.

Non, madame, mais pour les obliger à dire la vérité.

LE PRINCE, (*qui a lû jusqu'à ce moment.*)

Qu'on laisse entrer tout le monde; un acte de justice ne peut avoir trop de témoins.

SCENE XVII.

LES Précédens, HENRY, MAZULIN, LAHIRE.

Le prince va s'asseoir sur son trône, tout le monde entre et forme un grand cercle.

MAZULIN, *précédant Henry.*

Voici le comte Henry.

LAHIRE, *montrant les témoins.*

Et voici les témoins.

LE PRINCE.

Sans entrer dans un plus long examen, je m'arrête à une seule question. Les témoins déposent que le crime fut commis le quatre de mars...

LAHIRE, *vivement*

Le quatre de mars!...

MAZULIN. *fortement.*

Silence !

LE PRINCE, *continue.*

Le quatre de mars, entre huit et neuf heures du soir ; mais, à cette heure là, il fait nuit dans cette saison. Comment ont-ils pu reconnaître le comte Henry et le baron d'Arbosta ? il est vrai qu'ils ajoutent que ce fut à la faveur d'un clair de lune.

LAHIRE, *avec force.*

Le quatre de mars, au clair de lune ? c'est faux.

CRAON. *impérativement à Lahire.*

Lahire !

LAHIRE, *à Craon.*

Pardon, monseigneur ; mais quand il s'agit de la vérité, chacun a droit de lui rendre témoignage; (*il s'avance*) rappelez - vous monseigneur, que le quatre de mars fut le jour de la sanglante affaire des Dunes où nous battîmes les Anglais à platte couture ; nous les poursuivîmes deux heures le sabre dans les reins, et la nuit seule arrêta notre poursuite. Ah! si nous avions eu seulement un quart de lune ! ils seraient tous restés sur le champ de bataille. A sept heures, le carillon sonnant, on battit la retraite. Est-ce que les français se retirent tant qu'ils peuvent combattre et poursuivre l'ennemi ?

SCENE XVIII.

LES PRÉCÉDENS, D'ARBOSTA.

Fanfares. La foule du fond se sépare. D'Arbosta, le casque en tête, et la visière baissée, s'avance. L'écuyer déploie le rouleau de parchemin du second acte. D'Arbosta le montre à d'Arlebeck. Celui-ci fait un mouvement de colère.

LE PRINCE, à d'Arlebeck.

D'Arlebeck, répondez à l'appel du chevalier de l'aigle inconnu, ou convenez des torts qu'il vous impute.

D'Arlebeck, va fièrement toucher le parchemin.

ALIÉNOR, avec force.

Comment? pourquoi donc ce mystère? Pourquoi ce chevalier ne se fait-il pas connaître?

D'Arbosta prend Craon par la main et lui parle bas.

CRAON, à part et content.

Ciel! (à madame Aliénor avec joie.) Il est connu, madame et je réponds de lui.

ALIÉNOR, au Prince.

Mais, mon frère, est-ce ici le lieu, le moment?..

CRAON.

Oui, madame, l'honneur blessé ne souffre pas de retard (*au prince*) monseigneur, gage requis, gage octroyé, le combat doit s'en suivre.

ALIENOR.

Quoi?...

LE PRINCE, sévérement.

Paix, ma sœur, après le ciel que Craon soit leur Juge. (*il se leve et se découvre*) honneur aux preux! (*il se recouvre et s'assied*) livrez la lice aux combattans.

D'Arbosta n'a qu'une simple cuirasse, sur laquelle est un aigle blanc; la visière de son casque est baissée. Ses armes sont l'épée ou le sabre, et un poignard.

Les armes de d'Arlebeck sont les mêmes; il a deux ancres en or, sur sa simple cuirasse; il baisse la visière de son casque.

En faisant un tour, ils montrent leurs armes à Craon, et vont se placer chacun d'un côté.

CRAON, très-haut.

Armes égales! Qu'on les laisse aller; la loi le veut.

Il faudrait qu'ils combattissent d'abord au sabre, combat égal. Ensuite leurs écuyers leurs oteraient leurs cuirasses: alors ils se battraient à outrance avec l'épée et le poignard. En otant la cuirasse et la ceinture de d'Arlebeck, il en tombe un papier. Lahire le ramasse et le donne à Craon, comme juge du combat. D'Arbosta blesse à mort d'Arlebeck, qui tombe sur un genou, et lâche son arme. D'Arbosta va à lui, et tient son poignard levé.

D'ARBOSTA.

Traître ! confesse… *(d'Arlebeck tombe tout à fait.)*

LAHIRE.

Relevant d'Arlebeck, que des soldats emportent.

C'en est fait, monseigneur, il n'est plus.

SCENE XIX et dernière.

LES PRECEDENS, excepté D'ARLEBECK.

CRAON, *à d'Arbosta.*

Le ciel est juste : honneur, victoire au chevalier inconnu.

ALIENOR, *très-animée.*

Qu'importe ce combat ? le bonheur, l'adresse ou le courage de ce chevalier prouvent-ils que d'Arbosta n'a pas été lâchement sacrifié, abandonné…

D'ARBOSTA.

Non, madame, il ne fut point sacrifié. L'infâme d'Arlebeck n'eût pas le tems de consommer son crime. Le ciel a voulu conserver d'Arbosta pour le punir ; il l'a fait, et c'est lui qui paraît à vos yeux.

il leve la visière de son casque.

TOUS, excepté CRAON.

D'Arbosta !

D'ARBOSTA, *à Henry.*

Sire Henry, c'est en dignes chevaliers que nous combattîmes, nous ne devons rougir ni vous de votre victoire ni moi de ma défaite *(au prince)* oui, monseigneur, je rends grâce au ciel de m'avoir sauvé des embuches d'un scélérat, pour rendre hommage à la vérité.

LE PRINCE, *à Aliénor sévérement.*

Eh bien ! madame ?

ALIENOR, *avec fermeté.*

Eh bien ! seigneur ? avez-vous cru que je laisserais mon injure impunie ?

CRAON, *à Aliénor.*

Apprenez donc, madame, à mieux connaître ceux que vous honorez de votre confiance. Ce d'Arlebeck, trop heureux d'être tombé sous les coups de ce brave chevalier ; *(il montre d'Arbosta)* ce monstre, digne du dernier supplice, croyant déjà jouir du fruit de ses forfaits, avait tracé d'avance cet écrit ramassé devant vous sur le champ de bataille. Ecoutez, monseigneur, écoutez tous. *(Il lit.)* » D'Arlebeck, à madame Aliénor, après la mort du » comte Henry. » Vous voyez qu'il comptait déjà sur le succès de son crime.

D'ARBOSTA.

Le monstre!

CRAON, *à Aliénor.*

Ecoutez, madame. (*Il lit.*)

» Souvenez-vous des dédains insultans, dont vous
» payâtes mon amour; j'ai voulu sacrifier deux rivaux,
» l'or peut tout. Je l'ai prodigué! fausse accusation, té-
» moins subornés. Le fer, la flamme, je n'ai rien négligé;
» mais quel triomphe pour moi, lorsque j'ai pu porter votre
» jalousie et votre erreur à vous servir des armes que je vous
» fournissais, pour percer le cœur de votre amant! d'Ar-
» bosta n'est plus, le comte a perdu la vie et je pars satis-
» fait. Vos pleurs et vos remords me vengeront de vos
» mépris. »

ALIENOR, *désespérée.*

O ciel! et j'ai pu croire un pareil scélérat! j'ai pu per-
sécuter... (*au prince.*) Ah! mon frère! s'il vous reste
quelqu'amitié pour une insensée... une infortunée... épar-
gnez moi les reproches, les regards des victimes de mon
aveuglement. Oh! combien je souffre des maux que je
leur ai causés. Affreuse jalousie! vengeance que je déteste!
vous fîtes mes malheurs, vous êtes mes bourreaux.

LE PRINCE.

Calmez-vous, Aliénor; vous connaissez vos fautes, ne
songez qu'à les réparer.

ALIENOR.

Les réparer?

LE PRINCE, *montrant Henry et Adrienne.*

Qui, ma sœur, en prenant part à leur félicité. (*à Henry*)
Vous triomphez, Henry, votre justification est complète,
et pour mettre le comble à votre bonheur, recevez de ma
main celle de ma chère Adrienne. Viens, ma fille.

TOUS.

Sa fille!

LE PRINCE.

Et la bien-aimée de mon cœur. Mon cher Henry, je
désirais t'avoir pour frère, et le ciel a voulu que tu fusses
mon fils.

CRAON, *à Henry.*

Pour vous prouver la part sincère que je prends à votre
bonheur, c'est au nom de mon souverain, au nom de votre
épouse, que je vous rends votre parole et votre liberté.

*Il prend l'épée de Henry, des mains de Lahire, et la lui
remet.*

(51)

LE PRINCE, *à Craon.*

Sire de Mareuil, croyez que sa rançon....

CRAON.

Sa rançon, monseigneur ? les Français n'en reçoivent
que de leurs ennemis ?

F I N.